Maja von Vogel

Die drei !!!

Unter Verdacht

KOSMOS
bei CARLSEN

Außerdem in der Reihe Die drei !!! im Carlsen Verlag lieferbar:
Die drei !!! – Achtung, Spionage!
Die drei !!! – Gefahr im Fitness-Studio
Die drei !!! – Gefährlicher Chat / Betrug beim Casting
Die drei !!! – Geheimnis der alten Villa
Die drei !!! – Im Bann des Flamenco
Die drei !!! – Im Bann des Tarots
Die drei !!! – Nixensommer
Die drei !!! – Skandal auf Sendung
Die drei !!! – Skandal im Café Lomo!
Die drei !!! – Tatort Geisterhaus / Skaterfieber
Die drei !!! – Tatort Paris
Die drei !!! – Vorsicht, Strandhaie!

FSC
www.fsc.org
MIX
Papier aus verantwortungsvollen Quellen
FSC® C083411

Veröffentlicht im Carlsen Verlag
Januar 2018
Mit freundlicher Genehmigung des Franckh-Kosmos Verlages

Umschlagbild: Anike Hage
Umschlaggestaltung: formlabor
Corporate Design Taschenbuch: bell étage
ISBN 978-3-551-31686-8

Die drei !!!

Unter Verdacht

Schock beim Abendessen

»Hmmm, lecker!« Kim schloss genießerisch die Augen, während sie in die knusprige Neujahrswaffel biss, die sie mit einem Klacks Sahne und Schokostreuseln garniert hatte.

»Ich liebe Neujahrswaffeln!« Auch Marie knabberte begeistert an dem Gebäck. »Wie gut, dass deine Mutter so gerne backt, Franzi.«

Franzi nickte. »Finde ich auch. Greift zu! Frisch schmecken die Waffeln am besten.«

Das ließen sich Kim und Marie nicht zweimal sagen. Gefräßiges Schweigen senkte sich über den Pferdeschuppen. Kim fühlte sich rundum wohl. Auf dem Tisch flackerte eine Kerze und der Bollerofen in der Ecke verbreitete kuschelige Wärme. Kim spülte den letzten Bissen ihrer Waffel mit einem Schluck Roibusch-Vanille-Tee hinunter. Es war ein Samstagnachmittag Anfang Januar, draußen war es klirrend kalt und die drei !!! hatten sich zum ersten Detektivclub-Treffen des Jahres in ihrem Hauptquartier versammelt. Der ehemalige Pferdeschuppen befand sich direkt neben dem Bauernhaus von Franzis Familie, was den Vorteil hatte, dass die Mädchen häufig in den Genuss von Frau Winklers Backkünsten kamen. Kim, die Süßes fast so sehr liebte wie ihren Freund Michi, fand diesen Umstand ausgesprochen angenehm. Da der Club gerade sowieso keinen aktuellen Fall hatte, konnte sich Kim voll und ganz auf die leckeren Waffeln konzentrieren.

»Habt ihr gute Vorsätze fürs neue Jahr?«, erkundigte sich

Marie, während sie Schokoladensoße auf ihre Waffel träufelte. »Ich hab mir zum Beispiel vorgenommen, mich nicht mehr so oft über Lina aufzuregen. Das kostet mich einfach zu viele Nerven!«
Maries Stiefschwester schaffte es mit ihrer oft etwas dreisten Art immer wieder, Marie zur Weißglut zu treiben. Ganz anders als Finn, Maries kleiner Halbbruder, den sie über alles liebte. Marie konnte ihn stundenlang herumtragen oder im Kinderwagen durch die Gegend fahren.
Franzi grinste. »Meinst du wirklich, das klappt?«
Marie zuckte mit den Schultern. »Ich werde es zumindest versuchen, auch wenn es nicht leicht wird. Stellt euch vor, neuerdings lädt Lina ständig ihre Freundinnen ein, um mit Finn anzugeben. Gestern wollte sie mir doch glatt verbieten, einen Spaziergang mit dem Kleinen zu machen, bloß weil sie ihn einer Mitschülerin vorführen wollte. Finn ist doch kein Zirkuspferd, und erst recht nicht Linas Eigentum!«
»Vereinbart doch einen Zeitplan«, schlug Kim vor. »Montags, mittwochs und freitags darf sich Lina um Finn kümmern und dienstags, donnerstags und samstags bist du dran.«
Franzi kicherte. »Und am Sonntag hat Finn seinen freien Tag.«
Maries Miene hellte sich auf. »Gute Idee! Das werde ich Lina nachher gleich vorschlagen.«
Franzi nippte an ihrem Tee. »Also, ich hab mir gar nichts fürs neue Jahr vorgenommen. Meistens werfe ich meine guten Vorsätze sowieso nach ein paar Tagen wieder über Bord.«
Kim seufzte. »Geht mir genauso. Letztes Jahr wollte ich weniger Süßigkeiten essen und mehr Sport treiben. Hat leider

nicht geklappt.« Sie verzog das Gesicht, als sie an die Berge von Plätzchen, Lebkuchen und Dominosteinen dachte, die sie über Weihnachten verputzt hatte. »Darum hab ich dieses Jahr einen anderen Vorsatz: Ich will endlich meine Krimi-Kurzgeschichte beenden und regelmäßig Schreibübungen machen.«

Kim war nicht nur die Gründerin und der Kopf des Detektivclubs *Die drei !!!*, sie schrieb auch gerne Kriminalgeschichten und träumte davon, später eine berühmte Autorin zu werden. Leider kam das Schreiben bei der vielen Detektivarbeit oft zu kurz. Kim dachte nicht gern daran, wie lange ihre letzte Krimi-Kurzgeschichte schon als unvollendete Datei irgendwo im Speicher ihres Laptops vor sich hin schlummerte. Sie musste dringend aus ihrem Dornröschenschlaf geweckt werden!

»Ich habe genau das Richtige für dich!« Franzi zog einen zerknitterten Zettel aus ihrer Jeanstasche und reichte ihn Kim. »Den Flyer hab ich im *Café Lomo* mitgenommen.«

Kim strich den Zettel glatt. Auf schwarzem Grund stand in neongrünen Buchstaben:

POETRY-SLAM

Wann? *19. Januar, 19.00 Uhr*

Wo? *Im Café Lomo*

Wer? *Du! Ja, genau du!*

Melde dich mit deinem Text direkt bei uns an.

Das Publikum kürt den Sieger.

Das ist deine Chance!

SEI DABEI!

Kim ließ den Flyer sinken. »Das *Lomo* organisiert einen Poetry-Slam?«, fragte sie überrascht.
Franzi nickte. »Cool, oder?«
Marie runzelte die Stirn. »Ist ein Poetry-Slam nicht so eine Art Dichterwettstreit?«
»Genau«, bestätigte Kim. »Jeder kann dort auf der Bühne seine selbst geschriebenen Texte vorlesen. Meistens ist die Zeit auf fünf Minuten pro Teilnehmer begrenzt. Die Slammer treten gegeneinander an und das Publikum entscheidet durch seinen Applaus, wer gewinnt.«
»Klingt gut«, sagte Marie. »Machst du mit?«
Kim schüttelte heftig den Kopf. »Bist du verrückt? Ich würde lieber sterben, als meine Geschichte vor lauter fremden Leuten vorzulesen. Außerdem ist sie noch nicht fertig.«
Kim hasste es, im Mittelpunkt zu stehen. Wenn sie in der Schule ein Referat halten musste, bekam sie vor Aufregung jedes Mal Herzklopfen und feuchte Hände. Sie war immer heilfroh, sobald sie es hinter sich hatte.
»Dann wäre der Slam doch der perfekte Anlass, deine Kurzgeschichte endlich zu beenden.« Franzi tippte auf den Flyer, den Kim auf den Tisch gelegt hatte. »Das ist eine super Gelegenheit, um zu testen, wie deine Texte bei anderen Leuten ankommen.«
»Nein danke!« Kim zog die Schultern hoch. »Weißt du, was passiert, wenn ein Slammer dem Publikum nicht gefällt? Er wird gnadenlos ausgebuht! Das würde ich nicht überleben ...« Allein bei der Vorstellung wurde Kim beinahe übel. Vielleicht lag das aber auch daran, dass sie bereits fünf Neujahrswaffeln mit reichlich Sahne verdrückt hatte.

»Ach was, du wirst bestimmt nicht ausgebuht«, sagte Marie. »Zumindest Franzi und ich werden dir zujubeln, versprochen!«

Kim grinste schief. »Das ist lieb von euch. Ich werde darüber nachdenken, okay?« Ihre Freundinnen brauchten ja nicht zu wissen, dass ihre Entscheidung längst gefallen war: Nie im Leben würde sie sich freiwillig in aller Öffentlichkeit lächerlich machen!

Franzi nahm die bauchige Kanne und goss ihren Freundinnen Tee nach. »Ich soll euch übrigens von Felipe grüßen. Wir haben vorhin geskypt.«

»Danke!« Marie warf ihrer Freundin einen mitfühlenden Blick zu. »Vermisst du ihn immer noch so sehr? Also, ich würde es ja keine einzige Woche ohne Holger aushalten.«

Franzis Freund Felipe war Halbmexikaner und machte schon seit mehreren Monaten ein Praktikum in einem mexikanischen Museum. Holger hingegen, mit dem Marie zusammen war, wohnte nur wenige Gehminuten von Marie entfernt im schicken Ostviertel und die beiden sahen sich fast täglich.

»Anfangs war es schwer, aber inzwischen habe ich mich halbwegs an unsere Fernbeziehung gewöhnt«, erzählte Franzi. »Natürlich fehlt mir Felipe. Andererseits habe ich so mehr Zeit für meine Hobbys. Ich kann mit Tinka ausreiten, wann ich will, oder stundenlang mit Leonhard durch den Skatepark cruisen.«

Franzi hatte ein eigenes Pony, das sie über alles liebte. Außerdem war sie sehr sportlich und ging gerne skaten, joggen, klettern oder schwimmen.

Kim grinste vielsagend. »So, so, du triffst dich also immer noch regelmäßig mit Leonhard. Das ist ja hochinteressant!«
Prompt lief Franzi rot an. »Wie oft soll ich es euch noch sagen? Leonhard und ich sind einfach nur gute Freunde, mehr nicht!«
Marie schnaubte spöttisch. »Das denkst auch nur du. Leonhard ist bis über beide Ohren in dich verliebt, so sieht's aus!«
»Unsinn!« Franzi schüttelte den Kopf. »Zwischen uns läuft nichts und damit basta!«
Kim und Marie wechselten einen Blick, doch ehe sie nachhaken konnten, öffnete sich die Tür und ein Schwall kalter Luft drang in den Pferdeschuppen. Frau Winkler erschien auf der Schwelle.
»Hallo, ihr drei«, begrüßte sie die Mädchen. »Wie schmecken euch meine Neujahrswaffeln?«
»Gut, wie du siehst.« Franzi hielt ihrer Mutter die leere Schale hin.
»Die Waffeln waren wirklich köstlich«, bestätigte Kim.
»Freut mich.« Frau Winkler lächelte Kim und Marie zu. »Habt ihr Lust auf Lasagne? Ich habe gerade eine große Portion in den Ofen geschoben. Wenn ihr mögt, könnt ihr zum Abendessen bleiben. Natürlich nur, wenn eure Eltern nichts dagegen haben.«
»Gern!« Lasagne war Kims absolutes Lieblingsessen. Außerdem wusste sie aus Erfahrung, dass Frau Winkler nicht nur gut backen, sondern auch himmlisch kochen konnte. Marie nickte ebenfalls.
»Prima! In einer halben Stunde gibt es Essen.« Frau Winkler drehte sich um und schloss die Tür hinter sich.

Kim stöhnte. »Wenn ich das gewusst hätte, hätte ich nicht so viele Waffeln gegessen.« Sie hielt sich den Bauch.
»Da musst du jetzt durch«, sagte Marie ungerührt.
»Mach einfach deinen Hosenknopf auf«, schlug Franzi vor. »Dann geht's dir bestimmt gleich besser.«
»Gute Idee!« Kims Miene hellte sich auf, während sie an ihrer Jeans nestelte. Sie seufzte erleichtert. »Jetzt bin ich bereit für die Lasagne!«

»Guten Appetit allerseits!« Frau Winkler lächelte in die Runde und alle begannen zu essen. Der große Holztisch in der gemütlichen Küche des Bauernhauses war voll besetzt. Neben Franzis Eltern und den drei !!! saßen Franzis sechzehnjährige Schwester Chrissie, ihr Bruder Stefan und Oma Lotti am Tisch. Franzis Oma hatte vor einiger Zeit einen Schlaganfall gehabt. Seitdem konnte sie sich nicht mehr alleine versorgen und lebte bei Familie Winkler.
Kim beobachtete, wie Frau Winkler die Lasagne auf dem Teller ihrer Schwiegermutter in mundgerechte Happen zerteilte und Oma Lotti zu essen begann. Die alte Frau aß langsam und konzentriert. Manchmal fiel ihr ein Bissen von der Gabel. Doch sie ließ sich nicht beirren, sondern probierte es einfach noch einmal. Kim bewunderte Franzis Oma für ihren eisernen Willen. Dass sie nach dem Schlaganfall wieder essen und laufen gelernt hatte, war wirklich toll. Auch sonst bestand sie darauf, so viel wie möglich selbst zu machen.
»Könnte ich noch einen Nachschlag bekommen?« Stefan hielt seiner Mutter seinen Teller hin. »Schmeckt super!«
Während sich Oma Lotti gerade den dritten Bissen in den

Mund schob, hatte Franzis Bruder seine Portion bereits ratzekahl aufgefuttert.

»Schleimer!« Chrissie warf ihm einen spöttischen Blick zu. »Das sagst du nur, damit Mama dir nachher die restliche Lasagne einpackt. Was machst du überhaupt schon wieder hier? Haben sie dich aus deiner WG geworfen?«

Stefan war Student und lebte in einer Wohngemeinschaft in der Stadt. Er schüttelte den Kopf. »Nein, ich wollte nur meine Wäsche abholen.«

Franzi grinste. »Der kleine Stefan lässt sich von seiner Mama die Wäsche machen, wie süß!«

»Was kann ich dafür, dass unsere Waschmaschine kaputt ist?«, verteidigte sich Stefan, während er seinen Teller in Empfang nahm, auf den Frau Winkler ein großes, dampfendes Stück Lasagne gelegt hatte.

»Komisch nur, dass du immer *rein zufällig* genau zur Essenszeit vorbeikommst«, stichelte Franzi. »Ist euer Herd vielleicht auch kaputt? Oder kann der Herr nicht kochen?«

»Freche Göre!« Stefan wollte Franzi einen Klaps auf den Hinterkopf geben, aber sie wich geschickt aus. »Gut, dass ich mir deine Sprüche nicht mehr täglich anhören muss.«

Franzi lachte. »Danke gleichfalls! Auf dein mürrisches Gesicht am Frühstückstisch kann ich gut verzichten, du alter Morgenmuffel!«

»Dann sind wir uns ja einig.« Stefan zwinkerte Franzi zu. Obwohl sich die beiden gerne mal kabbelten, waren sie im Grunde ein Herz und eine Seele.

»Deine Wäsche liegt gewaschen und gebügelt im Korb im Flur«, informierte Frau Winkler ihren Sohn.

»Danke, Mama«, nuschelte Stefan mit vollem Mund.
»Muttersöhnchen!«, zischte Franzi.
Kim grinste. Sie mochte die lockere Stimmung bei Winklers. Manchmal wünschte sie sich, sie hätte auch ältere Geschwister. Ihre zehnjährigen Zwillingsbrüder Ben und Lukas waren leider furchtbare Nervensägen.
»Noch ein bisschen Lasagne, Kim?«, fragte Frau Winkler.
Kim nickte eifrig. »Gerne!«
Als sie Franzis Mutter gerade ihren Teller entgegenstreckte, klingelte es an der Haustür.
»Wer kann das denn sein?«, fragte Frau Winkler verwundert.
Herr Winkler runzelte die Stirn. »Hoffentlich kein Notfall.« Er stand auf und verließ die Küche. Franzis Vater war Tierarzt und wurde manchmal sogar mitten in der Nacht gerufen, weil ein Tier seine Hilfe brauchte.
»Vielleicht eine Fohlengeburt«, vermutete Franzi.
Im Flur waren Stimmen zu hören, dann kam Herr Winkler zurück. Er war sehr blass. Hinter ihm erschienen zwei uniformierte Polizisten.
»Guten Abend!« Der eine Polizist, ein hochgewachsener Typ mit dunklen Haaren und Schnauzbart, tippte sich an die Mütze.
»Sind Sie Stefan Winkler?«, fragte der andere, ohne sich mit einer Begrüßung aufzuhalten. Er war einen Kopf kleiner als sein Kollege und hatte ein rundes, rotes Gesicht. Als Stefan nickte, fuhr er mit barscher Stimme fort: »Wir müssen Sie bitten, uns aufs Präsidium zu begleiten.«
Stefan rutschten Messer und Gabel aus der Hand. Das Besteck landete klirrend auf dem Teller. »Aber … warum?«

Vorsicht, Butter im Anflug!

Es war totenstill in der Küche. Die eben noch fröhliche Stimmung war umgeschlagen und die Zimmertemperatur schien mit dem Auftauchen der Polizisten um mehrere Grad gesunken zu sein. Kim zog fröstelnd die Schultern hoch.
»Die Herren behaupten, du hättest einen Autounfall gebaut.« Herr Winkler runzelte die Stirn. »Stimmt das?«
»Nein!« Stefan schüttelte den Kopf.
»Das werden wir auf dem Präsidium klären.« Der kleinere Polizist klimperte drohend mit seinen Handschellen. »Mitkommen!«
Kim konnte es kaum glauben. Wurde Stefan tatsächlich verhaftet? Den anderen schien es ähnlich zu gehen. Alle waren starr vor Schreck. Oma Lotti war so weiß wie die Wand und sah aus, als würde sie jeden Moment in Ohnmacht fallen. Chrissie schlug sich die Hand vor den Mund und schluchzte auf. Frau Winkler sah verwirrt zwischen den Polizisten und Stefan hin und her. Selbst Franzi schien es die Sprache verschlagen zu haben.
Kim löste sich als Erste aus ihrer Erstarrung. »Moment mal«, sagte sie so ruhig wie möglich, als Stefan sich wie in Trance erhob. »Sie können doch nicht einfach hier auftauchen und Stefan ohne Angabe von Gründen mitnehmen.«
»Stimmt!« Marie nickte. »Was genau wird ihm denn vorgeworfen?«
Franzi warf ihren Freundinnen einen dankbaren Blick zu. »Das wüsste ich auch gerne.«

Der große Polizist mit dem Schnauzbart, der etwas freundlicher zu sein schien als sein Kollege, antwortete: »Es hat gestern Abend einen Unfall mit Fahrerflucht gegeben. Dabei wurde ein Mensch lebensgefährlich verletzt.«
»Und unser Sohn soll diesen Unfall verursacht haben?«, fragte Frau Winkler ungläubig.
»Es gibt Hinweise, die dafür sprechen«, sagte der Polizist ausweichend.
»Ich hatte keinen Unfall«, beteuerte Stefan. »Und wenn, würde ich niemals Fahrerflucht begehen.«
»Da hören Sie es!«, rief Frau Winkler. »Mein Sohn sagt die Wahrheit. Ihre Beschuldigungen sind völlig haltlos.« Ihre Augen funkelten ärgerlich.
Der Polizist mit dem roten Gesicht seufzte ungeduldig. »Wie gesagt, das klären wir auf dem Präsidium.«
»Ihr Sohn wird vorerst nur als Zeuge vernommen«, fügte sein Kollege beruhigend hinzu.
»Dann komme ich mit.« Frau Winkler stand auf.
Ihr Mann nickte. »Wir begleiten dich, Stefan. Wenn es nötig ist, besorgen wir dir sofort einen Anwalt.«
Stefan hob abwehrend die Hände. »Jetzt haltet mal den Ball flach, Leute. Das ist bestimmt alles nur ein Missverständnis.«
»Trotzdem lassen wir dich nicht im Stich.« Frau Winkler wirkte wild entschlossen.
»Das ist lieb von dir, Mama, aber ich bin kein kleines Kind mehr«, sagte Stefan so diplomatisch wie möglich. »Ich bin erwachsen und werde das alleine klären.«
»Aber …«, begann Frau Winkler, doch ihr Mann legte ihr die Hand auf den Arm.

»Stefan hat recht. Wir sollten seinen Wunsch respektieren.« Herr Winkler nickte seinem Sohn zu. »Du machst das schon. Denk dran, wir stehen alle hinter dir.«
»Und versprich mir, sofort anzurufen, wenn du Hilfe brauchst.« In Frau Winklers Augen lag tiefe Sorge. Es fiel ihr sichtlich schwer, ihren Sohn gehen zu lassen.
»Versprochen.« Stefan drückte seiner Mutter einen Kuss auf die Wange und wandte sich an die Polizisten. »Wir können los.«
Kim schluckte, als die beiden Männer Stefan wie einen Schwerverbrecher aus der Küche führten. Sie ballte die Fäuste, doch sie konnte nichts tun. Auch Marie und die Winklers sahen fassungslos zu. Als die Haustür ins Schloss fiel, begann Chrissie hemmungslos zu weinen, während Oma Lotti unablässig den Kopf schüttelte und unverständliche Worte vor sich hin murmelte.
»Reg dich nicht auf, Mutti, alles wird gut.« Herr Winkler beugte sich zu seiner Mutter hinunter und versuchte, sie zu beruhigen.
Frau Winkler nahm Chrissie in den Arm und drückte sie. »Wir müssen jetzt ganz fest zusammenhalten«, murmelte sie mit erstickter Stimme. »Nur so können wir Stefan eine Stütze sein.«
Auch in Franzis Augen schimmerten Tränen. Doch sie wischte sie mit einer energischen Bewegung weg und gab Kim und Marie einen Wink. Gemeinsam räumten sie in Windeseile den Tisch ab und zogen sich in den Pferdeschuppen zurück.
»Mann, das war ganz schön heftig«, stellte Marie fest.

Kim seufzte. »Allerdings.«
»Jammern bringt uns jetzt auch nicht weiter.« Franzi war zwar immer noch ziemlich blass, aber ihre Augen blitzten kämpferisch. »Stefan braucht unsere Hilfe!«
Marie nickte. »Und wir werden ihn nicht hängen lassen.«
Kim sprang auf. »Wie wär's mit einer Extraportion Energie? Die haben wir jetzt wirklich nötig.« Sie streckte den Arm aus. Die anderen folgten ihrem Beispiel und alle drei legten die Hände übereinander.
»Die drei !!!.«, sagten Kim, Franzi und Marie im Chor.
Kim sagte »Eins!«, Marie »Zwei!« und Franzi »Drei!«.
Zum Schluss hoben sie gleichzeitig die Hände und riefen: »Power!!!«

Detektivtagebuch von Kim Jülich
Sonntag, 9:04 Uhr
Die drei !!! sind wieder im Einsatz! Der erste Fall des Jahres hat uns alle sehr aufgewühlt. Unglaublich, aber wahr: Stefan wurde gestern von der Polizei zum Verhör abgeholt! Angeblich soll er einen schweren Unfall gebaut und anschließend Fahrerflucht begangen haben. Franzi ist sich sicher, dass ihr Bruder so etwas niemals tun würde. Ich kann mir das auch nicht vorstellen. Stefan ist viel zu vernünftig und verantwortungsbewusst für so eine Tat. Wir müssen seine Unschuld beweisen – so schnell wie möglich!
Leider können wir nicht viel unternehmen, solange wir keine genaueren Informationen haben. Deshalb haben wir gestern sofort Kommissar Peters angerufen. Manchmal ist es wirklich praktisch, einen Kontaktmann bei der Polizei zu haben! Der

Kommissar wusste noch nichts von Stefans Festnahme, da er für den Fall nicht zuständig ist. Er hat aber versprochen, sich zu informieren und bei uns zu melden. Hoffentlich beeilt er sich! Arme Franzi, sie war gestern ganz schön fertig. Der schreckliche Verdacht gegen ihren Bruder muss furchtbar für sie sein. Aber sie ist wild entschlossen, trotzdem zu ermitteln. Franzi ist wirklich eine starke Persönlichkeit. Natürlich werden Marie und ich ihr helfen. Wäre doch gelacht, wenn Die drei !!! *diesen Fall nicht lösen würden!*

Das Sonntagsfrühstück bei Familie Jülich war wie immer laut und chaotisch. Während sich Ben und Lukas um das letzte Milchbrötchen stritten, goss Kims Mutter ihrem Mann und sich Kaffee ein und verschüttete dabei die Hälfte.
»Entschuldige, Schatz«, murmelte sie, während der Kaffee über den Tisch lief und auf Herrn Jülichs Hose tropfte.
»Kein Problem.« Kims Vater tupfte mit einer Papierserviette auf seiner Hose herum, aber der Kaffeefleck ließ sich nicht so leicht entfernen.
Frau Jülich seufzte. »Ich weiß auch nicht, was heute mit mir los ist.«
»Aber ich.« Herr Jülich lächelte seiner Frau zu. »Du bist nervös, weil morgen dein großer Tag ist. Das ist doch ganz normal. Schließlich bekommt nicht jeder Lehrer die Möglichkeit, Schulrektor zu werden.«
»Allerdings.« Frau Jülich stellte die Kaffeekanne zur Seite und setzte sich an den Tisch. Doch statt endlich etwas zu essen, sprang sie sofort wieder auf. »Die Butter ist ja fast alle! Ich hole schnell ein neues Päckchen aus dem Kühlschrank.«

Kim und ihr Vater grinsten einander zu.
»Sie ist wirklich nervös«, stellte Kim leise fest.
Ihr Vater nickte. »Und wie!«
Seit sich Kims Mutter auf den frei gewordenen Leitungsposten an ihrer Grundschule beworben hatte, war sie völlig neben der Spur. Die Beförderung war ihr absoluter Traum, auch wenn sie mit einer Menge Mehrarbeit verbunden sein würde. Morgen war endlich der Tag der Entscheidung. Kim konnte es kaum erwarten. Ganz egal, wie die Sache ausging, hinterher würde sich ihre Mutter hoffentlich wieder entspannen und ihre Familie nicht mehr mit ihrer Hyperaktivität und unkalkulierbaren Stimmungsschwankungen an den Rand des Wahnsinns treiben.
In diesem Moment rauschte Frau Jülich wieder ins Esszimmer. Vor lauter Eile stolperte sie über die Teppichkante. Einen Sturz konnte sie im letzten Moment abfangen, aber das Butterpäckchen rutschte ihr aus der Hand, flog in hohem Bogen durch die Luft und landete mit einem satten Platschen in der blau-weiß gestreiften Kakaokanne. Der Kakao spritzte nach allen Seiten. Der Brotkorb, der Käseteller, Marmelade, Honig und Pflaumenmus bekamen etwas ab – genauso wie Herr Jülich, Kim und die Zwillinge.
»Eigentlich hatte ich schon genug Kakao«, stellte Kim nüchtern fest und wischte sich ein paar Spritzer aus dem Gesicht.
»Ich fürchte, ich muss mich gleich umziehen.« Herr Jülich betrachtete sein bis eben noch weißes Oberhemd, das nun braun gesprenkelt war.
»Wieso? Die Kakaospritzer passen doch perfekt zu dem Kaffeefleck auf deiner Hose.« Kim kicherte.

»Lecker!« Ben schleckte sich einen braunen Tropfen von der Nase.
»Das war ein Volltreffer, Mama!«, rief Lukas. »Kannst du das noch mal machen?«
Frau Jülich starrte völlig entgeistert auf das Chaos, das sie angerichtet hatte. »Äh – nein, lieber nicht.« Sie schüttelte den Kopf. »Entschuldigt bitte! Heute geht aber auch alles schief …« Mit fahrigen Bewegungen versuchte sie, die Butter aus der Kakaokanne zu fischen, wobei sie beinahe das Honigglas umwarf.
»Ich mach das schon«, sagte Herr Jülich schnell. »Setz dich einfach hin und iss endlich etwas.«
Frau Jülich sank auf ihren Stuhl, griff nach ihrer Tasse und trank einen großen Schluck Kaffee.
»Wisst ihr, was jetzt praktisch wäre?« Lukas biss in das Milchbrötchen, das er sich inzwischen brüderlich mit Ben geteilt hatte, und nuschelte, ehe jemand antworten konnte: »Wenn wir einen Hund hätten. Der würde den verschütteten Kakao sofort aufschlabbern.«
Ben nickte eifrig. »Genau! Außerdem würde er alle Krümel unter dem Tisch wegfuttern. So ein Hund ist besser als jeder Staubsauger. Du müsstest überhaupt nicht mehr putzen, Mama!«
Frau Jülich seufzte. »Die Diskussion hatten wir doch wirklich oft genug. Von wegen, nicht mehr putzen! Hunde machen wahnsinnig viel Dreck. Sie verlieren massenweise Haare und laufen ständig mit schmutzigen Pfoten durchs Haus. Nein danke!«
»Außerdem ist ein Hund sehr arbeitsintensiv«, fügte Herr Jü-

lich hinzu. Er hatte das Butterpäckchen aus dem Kakao geangelt und legte es mit spitzen Fingern auf seinen Teller. »Ihr habt doch gehört, was der Mann vom Tierheim gesagt hat: Einen Hund muss man füttern, erziehen und mehrmals täglich ausführen. So ein Tier braucht viel Zeit und Zuwendung.«
»Das würden wir alles machen«, versicherte Ben. »Ihr müsstet euch um nichts kümmern.«
Lukas nickte eifrig. »Schließlich haben wir schon jede Menge Erfahrung im Umgang mit Hunden.«
Die Zwillinge wünschten sich schon länger sehnsüchtig einen eigenen Hund, doch Herr und Frau Jülich waren bisher hart geblieben. Aber so leicht gaben Ben und Lukas nicht auf. Statt ihre Eltern mit ständigem Bitten und Betteln zu nerven, waren sie kurzerhand zum Tierheim marschiert und hatten sich erkundigt, was man tun musste, um einen Hund übernehmen zu dürfen. Dass das nicht so einfach ging, wie sie es sich vorgestellt hatten, hatte sie nicht abgeschreckt. Im Gegenteil, sie waren die Sache systematisch angegangen. Ihren Lieblingshund hatten sie schnell gefunden: ein junger Mischling mit hohem Spaniel-Anteil namens Pablo. In den letzten Wochen waren sie regelmäßig mit ihm spazieren gegangen und hatten Herrn Jülich sogar zu einem unverbindlichen Vermittlungsgespräch ins Tierheim geschleppt. Kim konnte nicht umhin, die Hartnäckigkeit ihrer Brüder zu bewundern. Wenn sie sich einmal etwas in den Kopf gesetzt hatten, ließen sie nicht so schnell locker.
»Und Pablo ist doch wirklich süß, oder, Papa?«, hakte Ben nach.

»Ja, schon …«, gab Herr Jülich widerwillig zu.
»Außerdem ist er total gut erzogen«, behauptete Lukas. »Wir haben ihm schon alle wichtigen Kommandos beigebracht und er geht prima bei Fuß. Na ja, meistens zumindest …«
Frau Jülich musterte ihre Söhne. »Dieser Hund scheint euch ja wirklich sehr wichtig zu sein«, stellte sie fest. »Und es gefällt mir, dass ihr durch eure regelmäßigen Besuche im Tierheim euer Verantwortungsbewusstsein unter Beweis stellt. Trotzdem bin ich mir nicht sicher, ob ihr alt genug seid, um euch um einen Hund zu kümmern …«
»Klar sind wir das!«, rief Ben.
»Und ob«, fügte Lukas hinzu. »Schließlich sind wir schon zehn.«
Kim grinste und murmelte: »*Schon* ist gut!«
Ben warf ihr einen wütenden Blick zu. »Wir versprechen hoch und heilig, uns immer um Pablo zu kümmern.«
Lukas nickte ernst.
Herr und Frau Jülich wechselten einen Blick.
»Vielleicht ist es wirklich nicht schlecht, wenn die beiden Rabauken auf diese Weise lernen, was es bedeutet, Verantwortung zu übernehmen«, sagte Herr Jülich.
»Ich weiß nicht …« Frau Jülich wirkte noch nicht hundertprozentig überzeugt.
»Biiiitte, Mama!«, riefen die Zwillinge im Chor. Ihre Blicke waren so flehend, als würde es um ihr Leben gehen.
Frau Jülich musste lachen. »Also gut. Ich mache euch einen Vorschlag: Wenn ich morgen die Stelle als Rektorin bekomme, gehe ich mit euch ins Tierheim und schaue mir euren Pablo einmal an, okay?«

»Juchhu!«, jubelten Ben und Lukas. Sie sprangen auf, tanzten um den Tisch herum und sangen: »Wir kriegen einen Hund! Wir kriegen einen Hund!«
Kims Eltern lachten und Herr Jülich klatschte im Takt dazu, während auf seinem Teller der Kakao von der Butter tropfte. Kim schüttelte den Kopf. Was für ein Irrenhaus! Fast hätte sie bei all dem Lärm das Handyklingeln nicht gehört. Zum Glück spürte sie den Vibrationsalarm in ihrer Hosentasche und nutzte die Gelegenheit, um in die Küche zu flüchten.
»Hallo?«, rief sie etwas außer Atem ins Telefon.
»Guten Morgen, Kim! Kommissar Peters hier. Störe ich?«
»Nein, überhaupt nicht«, behauptete Kim. »Nett, dass Sie zurückrufen. Haben Sie schon etwas herausgefunden? Wie geht es Stefan?«
»Stefan geht es den Umständen entsprechend gut«, berichtete der Kommissar. »Er wird gerade von den Kollegen befragt. Leider war heute Nacht furchtbar viel los und wir haben wegen dieser fiesen Grippewelle akuten Personalmangel. Deshalb musste Stefan die Nacht auf dem Revier verbringen.«
»Der Arme!« Kim drückte das Handy fester ans Ohr, weil in diesem Moment Ben mit lautem Indianergeheul in die Küche stürmte, um die Schokocreme aus dem Schrank zu holen. »Wann darf er wieder nach Hause?«
»Wie bitte?«, rief der Kommissar. »Ich verstehe dich so schlecht, Kim. Was ist denn bei dir los? Klingt so, als wärst du auf dem Jahrmarkt.«
Kim musste grinsen. »Nein, das war nur mein kleiner Bruder.« Zum Glück zischte Ben mit der Schokocreme wieder ab und Kim wiederholte ihre Frage.

»Wann Stefan nach Hause darf, hängt von den Ergebnissen der Befragung ab«, antwortete Kommissar Peters.
»Warum überprüft die Polizei denn nicht einfach Stefans Opel?«, fragte Kim. »Wenn der Wagen unbeschädigt ist, müsste Stefan doch aus dem Schneider sein, oder?«
»So einfach ist das leider nicht.« Kommissar Peters seufzte. »Ich habe gestern Abend noch kurz mit dem zuständigen Kollegen gesprochen. Der Unfall ist nicht mit Stefans Auto, sondern mit einem Mietwagen geschehen. Das Fahrzeug kam auf eisglatter Fahrbahn ins Schleudern und streifte eine Radfahrerin. Die Frau stürzte und verletzte sich schwer, der Wagen fuhr einfach weiter. Später wurde er in der Nähe des Unfallortes auf einem verlassenen Parkplatz gefunden.«
Kim hatte aufmerksam zugehört. Jetzt schüttelte sie den Kopf. »Warum sollte sich Stefan einen Mietwagen nehmen? Er hat doch selbst ein Auto!«
»Ich weiß es nicht«, gab der Kommissar zu. »Aber genau diese Fragen klärt mein Kollege sicherlich gerade mit Stefan. Hinterher wissen wir mehr.«
In Kims Kopf ratterte es, während sie blitzschnell versuchte, die nötigen Zusammenhänge herzustellen. »Wie ist die Polizei denn überhaupt auf Stefan gekommen?«
Der Kommissar seufzte. »Der Unfallwagen wurde auf den Namen Stefan Winkler gemietet. Das haben die Angestellten der Firma *Miet mich!* bestätigt.«
Kim lächelte zufrieden und machte sich im Geiste eine Notiz. Wie praktisch, dass der Kommissar ihr ganz nebenbei den Namen der Mietwagenfirma verraten hatte! Das war ein guter Ansatz für ihre Ermittlungen.

Als hätte Kommissar Peters Kims Gedanken erraten, sagte er streng: »Dieser Fall ist Sache der Polizei, hörst du? Ich möchte nicht, dass ihr euch einmischt. Auch wenn ich natürlich verstehe, dass ihr euch Sorgen um Franzis Bruder macht. Es wird sich bestimmt alles aufklären. Bitte keine Ermittlungen auf eigene Faust, klar?«
Kim verdrehte die Augen. Es war immer dasselbe! Warum wollte der Kommissar ihnen ständig vorschreiben, was sie zu tun oder zu lassen hatten? Sie waren doch keine Anfängerinnen mehr, sondern echte Profis! »Vielen Dank für die Informationen«, sagte sie so freundlich wie möglich, ohne auf Peters' Frage zu antworten. Sie wollte den Kommissar nicht anlügen, konnte ihm aber natürlich auch nicht versprechen, Stefan einfach seinem Schicksal zu überlassen. »Es war sehr nett von Ihnen, mich gleich anzurufen.«
»Keine Ursache. Einen schönen Sonntag noch!«
»Danke, gleichfalls«, wünschte Kim.
Kaum hatte sie das Gespräch beendet, tippte sie auch schon eine SMS an Franzi und Marie:
Es kann losgehen! Clubtreffen um 15.00 Uhr bei mir. Eins, zwei, drei, Power!!!

Eine wichtige Zeugin

»Wie schlau von dir, den Namen der Autovermietung aus Kommissar Peters herauszukitzeln.« Franzi warf Kim einen anerkennenden Blick zu, während sie sich ihren Wollschal über Mund und Nase zog. Obwohl die Januarsonne vom blassblauen Himmel schien, war es auch heute wieder eiskalt.

»Ehrlich gesagt, hat er mir den Namen völlig freiwillig verraten«, gab Kim zu. Sie marschierte zwischen Franzi und Marie über den Bürgersteig und war froh, ihre dicken Winterstiefel mit den Profilsohlen angezogen zu haben. Die Gehwegplatten waren an einigen Stellen völlig vereist. Wenn man nicht aufpasste, konnte man gefährlich stürzen.

Die drei !!! hatten zunächst bei Kim die Adresse der Autovermietung im Internet recherchiert und waren anschließend aufgebrochen, um die Angestellten zu befragen. Vielleicht führte sie das ja auf eine erste Spur.

»Da vorne ist es.« Marie zeigte auf ein etwas schäbig wirkendes Haus. Der graue Putz bröckelte von der Fassade und direkt vor dem Gebäude befand sich eine Baustelle, die sonntags natürlich still und verlassen war. Das Schaufenster war voller Baustaub, genauso wie das Schild darüber, auf dem in schwarzen Buchstaben MIET MICH! stand. Marie stöckelte vorsichtig auf die Autovermietung zu. In ihren hochhackigen Lederstiefeln hatte sie sichtlich Schwierigkeiten, das Gleichgewicht zu halten und nicht auszurutschen.

»Hoffentlich müssen wir heute keinen Verdächtigen mehr

verfolgen«, bemerkte Franzi spöttisch. »In diesen Stiefeln wärst du keine große Hilfe.«

»Ach was!« Marie warf selbstbewusst ihre langen Haare zurück. »Ich kann auch in High Heels auf Verfolgungsjagd gehen. Das ist reine Übungssache.« Sie drückte die Türklinke herunter und betrat den Laden. Kim und Franzi folgten ihr zu einem langen Tresen, hinter dem ein Mann stand und Daten in einen Computer eingab. Zum Glück hatte die Filiale auch am Sonntag einige Stunden geöffnet.

»Guten Tag, die Damen!« Der Angestellte sah von seinem Bildschirm auf. »Was kann ich für euch tun?«

»Wir haben eine Frage.« Marie lächelte zuckersüß und klimperte mit den Wimpern. Sie ließ mal wieder ihren ganzen Charme spielen. »Könnten Sie uns zufällig eine klitzekleine Auskunft zu einer Person geben, die am Freitag einen Wagen bei Ihnen gemietet hat? Das wäre wirklich wahnsinnig nett!«

Der Mann schüttelte den Kopf. »Tut mir leid, wir dürfen keine persönlichen Daten unserer Kunden weitergeben.«

»Datenschutz, ich verstehe.« Marie nickte wissend. »Aber darum geht es auch gar nicht. Uns interessiert nur, wie die Person ausgesehen hat, die am Freitagabend ein bestimmtes Auto gemietet hat.«

»Am Freitag war ich gar nicht hier«, sagte der Angestellte.

»Nicht?« Maries Lächeln erlosch schlagartig. »Wie schade.«

»Aber ich könnte meine Kollegin holen«, schlug der Mann vor. »Sie hatte Freitag Dienst.«

»Das wäre ganz wunderbar!« Augenblicklich knipste Marie ihr Lächeln wieder an.

Der Mann verschwand im Hinterzimmer. Kurze Zeit später kam eine junge Frau heraus. Ihre dunklen Locken waren zu einem Pferdeschwanz gebunden und ihre braunen Augen blickten die drei !!! offen und freundlich an. Auf einem kleinen Schild an ihrer Bluse stand ihr Name: Theresa Börne.
»Hallo!«, begrüßte sie die Mädchen. »Mein Kollege sagt, ihr wollt mich sprechen. Wie kann ich euch helfen?«
»Wir sind Detektivinnen und interessieren uns für den Unfall, der am späten Freitagabend von einem Ihrer Wagen verursacht wurde«, erklärte Kim. Sie zog eine Visitenkarte hervor und reichte sie Frau Börne.

Die Angestellte warf einen schnellen Blick auf die Karte. »Das sieht ja richtig professionell aus«, stellte sie beeindruckt fest.
»Wir sind tatsächlich Profis«, erklärte Franzi. »Mit unserem Club haben wir schon zahlreiche Fälle im In- und Ausland gelöst.«
»Sie haben sicher mitbekommen, dass es vorgestern einen schweren Unfall gegeben hat, oder?«, fragte Kim.

»Natürlich!« Theresa Börne nickte. »Eine schlimme Sache. Und gar nicht weit von hier.«
»Wo genau ist der Unfall denn geschehen?«, erkundigte sich Marie.
»Es muss auf der Bundesstraße kurz vor Meinkirchen passiert sein«, erzählte die Angestellte. »Ich fahre die Strecke selbst täglich mit meinem Wagen. Zurzeit ist es dort stellenweise höllisch glatt. Wenn man zu viel Gas gibt, hat man ganz schnell verloren.«
Kim zückte ihr Detektivtagebuch und notierte die Angaben. Dann fragte sie: »Können Sie sich an die Person erinnern, die den Unfallwagen gemietet hat?«
»Allerdings«, antwortete Frau Börne, ohne zu zögern. »Es war ein junger Mann. Eigentlich war er ganz nett.« Sie lächelte.
»Wissen Sie, wie der Mann ausgesehen hat?« Franzis Stimme war rau vor Aufregung. Sie nestelte ein Foto von Stefan aus ihrer Jackentasche. »War es vielleicht dieser hier?«
Kim umklammerte den Kugelschreiber. Jetzt war der Moment der Wahrheit gekommen! Wenn die Angestellte Stefan als Fahrer des Unfallwagens identifizierte, würden sie nicht mehr viel für ihn tun können.
Theresa Börne betrachtete das Foto lange und gründlich. Kims Nervosität wuchs. Auch Franzi trat unruhig von einem Fuß auf den anderen.
Endlich schüttelte Frau Börne den Kopf. »Nein, das ist er nicht. Obwohl er ihm ziemlich ähnlich sieht.«
Franzi atmete hörbar auf. »Vielen Dank! Das hilft uns sehr weiter.«

»Könnten Sie uns den Mann beschreiben, der den Unfallwagen gemietet hat?«, fragte Kim.
»Selbstverständlich!« Die Angestellte überlegte kurz. »Er war sehr groß, mindestens 1,90 Meter, und schlank. Seine Haare waren kurz geschnitten und rötlich braun. Er trug Jeans, einen dunkelgrauen Rollkragenpulli und eine dunkelbraune Lederjacke.«
»Prima!« Kim schrieb eifrig mit. »Ist Ihnen irgendetwas an dem Mann aufgefallen? Besondere Kennzeichen wie Narben, Tätowierungen oder etwas in der Art?«
»Nein.« Theresa Börne schüttelte den Kopf. »Höchstens, dass er eine sehr dunkle Stimme hatte. Und ziemlich charmant war.« Ein schwärmerischer Ausdruck glitt über ihr Gesicht. Offenbar hatte der Unbekannte einen bleibenden Eindruck bei ihr hinterlassen. Das war Kim nur recht, denn andernfalls hätte sich die Angestellte bestimmt nicht so gut an den Mann erinnern können.
»Dieser Typ war eindeutig nicht Stefan«, raunte Franzi Kim zu. »Mein Bruder ist weder 1,90 Meter groß, noch hat er eine besonders dunkle Stimme.«
»Der Täter muss den Wagen mit den Papieren deines Bruders gemietet haben«, bemerkte Marie. »Aber wie ist er an Stefans Ausweis und Führerschein gekommen?«
Kim wandte sich noch einmal an Frau Börne. »Sind Sie ganz sicher, dass der Mann, der den Wagen gemietet hat, Ausweis und Führerschein auf den Namen Stefan Winkler vorgezeigt hat?«
»Was denkt ihr denn?« Die Angestellte wurde rot. »Das ist schließlich Vorschrift.« Sie begann, einen Stapel Papiere zu

sortieren, war dabei aber so fahrig, dass einige Blätter zu Boden segelten.
Kim runzelte die Stirn. Die Frau war plötzlich sichtlich nervös. Verschwieg sie ihnen etwas? Ehe die Detektivinnen nachhaken konnten, öffnete sich die Tür und ein älteres Ehepaar betrat den Laden.
»Entschuldigt bitte, aber ich muss mich um die Kundschaft kümmern«, sagte Frau Börne. Kim wurde das Gefühl nicht los, dass der Angestellten die Unterbrechung des Gesprächs mehr als recht war.
»Kein Problem«, sagte Marie. »Vielen Dank für Ihre Hilfe!«
Während Theresa Börne das Ehepaar mit einem freundlichen Lächeln nach seinen Wünschen fragte, verließen die drei !!! die Autovermietung. Auf dem Weg zur Bushaltestelle besprachen sie die nächsten Ermittlungsschritte.
»Wir sollten unbedingt den Unfallort unter die Lupe nehmen«, sagte Kim. »Vielleicht finden wir dort Spuren, die uns weiterhelfen.«
»Die Polizei hat doch bestimmt schon alles abgesucht«, gab Marie zu bedenken.
»Na und?« Kim zuckte mit den Schultern. »Die Polizei kann schließlich auch mal etwas übersehen.« Sie warf einen Blick zum Himmel, der sich bereits rot verfärbte. »Aber das schaffen wir heute nicht mehr, es wird bald dunkel.«
Franzi seufzte. »Schade, dass morgen die Schule wieder anfängt. Sonst könnten wir gleich nach dem Frühstück zum Tatort fahren.«
»Alles ist eben irgendwann zu Ende, sogar die Weihnachtsferien«, bemerkte Marie philosophisch.

Franzis Handy klingelte. Im Gehen nahm sie das Gespräch an. »Hallo, Mama! Was gibt's?« Sie blieb wie angewurzelt stehen. »Ehrlich? Das ist ja toll! Seit wann denn? … Aha. … Prima! Danke, dass du gleich angerufen hast. … Okay. Bis später!« Sie ließ das Handy sinken.
»Gute Nachrichten?«, erkundigte sich Kim.
Franzi nickte strahlend. »Stefan ist wieder zu Hause!«
»Super!« Marie fiel Franzi vor Freude um den Hals.
Kim grinste glücklich. Sie war ebenfalls wahnsinnig erleichtert. »Das heißt, sie haben ihn nicht verhaftet?«
Franzi schüttelte den Kopf. »Er wurde nach einer ausführlichen Befragung vorerst auf freien Fuß gesetzt. Kommissar Peters hat sich für ihn eingesetzt. Stefan muss sich aber für weitere Befragungen zur Verfügung halten und darf die Stadt nicht verlassen.«
»Das sind ja richtig tolle Neuigkeiten«, stellte Kim fest. »Ich würde sagen, der Kommissar hat etwas gut bei uns.«
Franzi nickte. »Allerdings. Ein Hoch auf Kommissar Peters!«
Kim und Marie stimmten ein und ein dreifaches »Kommissar Peters lebe hoch!« schallte in den immer dunkler werdenden Winterhimmel.

Geheimes Tagebuch von Kim Jülich
Sonntag, 18:02 Uhr
STOPP! Wer sich an meinen privaten Aufzeichnungen vergreift, kann sich die guten Vorsätze fürs neue Jahr sparen. Er wird den heutigen Tag nämlich nicht überleben. Meine Rache wird ihn augenblicklich und für alle Zeiten vom Antlitz dieser wunderschönen Erde tilgen!

Ich bin stinksauer! Nein, nicht auf Michi, mit ihm läuft alles super. Es geht um etwas völlig anderes. Gerade war ich auf der Homepage des Café Lomo, *um mich über diesen Poetry-Slam zu informieren. Ganz unverbindlich natürlich, denn ich würde dort NIEMALS mitmachen. Als ich einen Blick auf die Teilnehmerliste geworfen habe, bin ich fast vom Stuhl gefallen. Kaum zu glauben, aber wahr: Der vorletzte Name auf der Liste lautet KIM JÜLICH!!! Ist das zu fassen? Welcher Idiot hat mich für den Slam angemeldet? Eins ist sicher: ICH war es NICHT.*
Zum Glück bin ich Detektivin und kann eins und eins zusammenzählen. So viele Personen kommen ja nicht infrage. Genau genommen können es nur zwei Menschen gewesen sein: Franzi und Marie, meine angeblich besten Freundinnen. Sie sind die Einzigen, mit denen ich über den Slam geredet habe. Wie es aussieht, haben mich die beiden hinter meinem Rücken klammheimlich auf die Teilnehmerliste gesetzt. Ganz schön dreist!
Puh, ich muss mich erst mal abregen. Tief ein- und ausatmen, Kim. Ein, aus. Ein, aus. Ein, aus. So ist es gut. Ganz ruhig. Keine Panik. Es ist alles in Ordnung. NEIN! NICHTS IST IN ORDNUNG! Am liebsten würde ich Franzi und Marie sofort zur Rede stellen. Aber das geht nicht, ich hab gleich ein Date mit Michi. Wir wollen es uns in meinem Zimmer gemütlich machen und DVDs schauen. Mist, und ich hab noch nicht aufgeräumt! Also wird das große Strafgericht auf morgen verschoben. Zieht euch warm an, Franzi und Marie, und zwar nicht nur wegen der eisigen Januartemperaturen!

Tatort Landstraße

Am nächsten Tag standen die ersten sechs Schulstunden nach den Weihnachtsferien auf dem Programm. Kim quälte sich durch den grauen Vormittag. Die Sonne war hinter dichten Wolken verborgen, der Unterricht zog sich wie Kaugummi und Kims einziger Lichtblick war die Erinnerung an den romantischen Abend mit Michi gestern. Sie hatten sich eng aneinandergekuschelt einen kitschigen Liebesfilm angeschaut und dabei gegenseitig mit Schokolade gefüttert. Herrlich! Ganz im Gegensatz zu diesem schrecklichen Montag …
In den Pausen verkroch sich Kim in der Schülerbücherei, um Franzi nicht über den Weg zu laufen. Sie wollte Marie und Franzi gemeinsam zur Rede stellen – und zwar gleich heute Nachmittag. Die Detektivinnen hatten sich um drei Uhr zur Tatortbesichtigung verabredet, das war die perfekte Gelegenheit!
Nach einem schnellen Mittagessen schwang sich Kim aufs Fahrrad und düste los. Sie hatte eine ordentliche Strecke vor sich, denn der Unfallort befand sich auf der anderen Seite der Stadt. In den verkehrsreichen Straßen rund um die Fußgängerzone kam sie nur langsam voran. Erst als sie die Innenstadt hinter sich gelassen hatte, konnte sie richtig in die Pedale treten. Kim fuhr aus der Stadt hinaus und folgte der Landstraße in Richtung Meinkirchen. Abgeerntete Felder und mit Raureif überzogene Wiesen säumten die Straße. Die Landschaft wirkte wie ein stilles Wintermärchen. Kim atmete tief die klare, kalte Luft ein. Vom Radfahren war ihr ange-

nehm warm geworden. Überrascht stellte Kim fest, wie gut es tat, sich zu bewegen. Der angestaute Ärger über ihre Freundinnen und der ganze Frust dieses Tages wurden vom Fahrtwind davongeweht und eine tiefe Ruhe erfüllte sie. Kim genoss den Anblick der winterlichen Landschaft und freute sich über zwei Rehe, die mit großen Sprüngen ein Feld überquerten und im angrenzenden Wald verschwanden.

Kurz vor Meinkirchen wurde Kim langsamer und sah sich aufmerksam um. Irgendwo hier musste der Unfall geschehen sein. Plötzlich entdeckte sie Kreidezeichen auf dem Radweg, die sich weiß vom dunklen Asphalt abhoben. Kim bremste und sprang vom Rad. Sie lehnte ihr Fahrrad gegen einen Baum und untersuchte die weißen Kreidekreise. Kim wusste sofort, worum es sich handelte. Es waren Markierungen der Spurensicherung. Sie hatte den Unfallort gefunden!

Die Polizei war also tatsächlich schon hier gewesen und schien mehrere Spuren gesichert zu haben. Trotzdem gab Kim die Hoffnung nicht auf. Mit etwas Glück würde sie noch den einen oder anderen Hinweis am Tatort finden. In diesem Moment ertönte lautes Fahrradklingeln hinter ihr auf dem Radweg. Kim zuckte zusammen und drehte sich um.

»Hallo, Kim!« Franzi sauste heran und legte direkt vor Kim eine Vollbremsung hin. Ihre Haare waren vom Fahrtwind zerzaust. Ein grünes Woll-Stirnband wärmte ihre Ohren, doch ihre Wangen waren rosig von der Kälte. Marie folgte ihr in einigem Abstand. Auch sie winkte Kim gut gelaunt zu. Kim steckte die Hände in die Jackentaschen und musterte

ihre Freundinnen. Sie wirkten so fröhlich und gelöst. Kaum zu glauben, dass sie Kim skrupellos hintergangen hatten. Kim spürte, wie der Ärger wieder in ihr zu brodeln begann.
»Wartest du schon lange?« Marie stieg vom Rad und stellte es neben dem Weg ab. Unter ihrer kobaltblauen Wollmütze schauten ihre langen Haare hervor. Die blauen Lederhandschuhe passten perfekt zur Mütze und bildeten einen hübschen Kontrast zu Maries hellgrauem Wintermantel.
»Geht so«, antwortete Kim einsilbig.
»Wir haben uns echt beeilt, aber in der Stadt war total viel los.« Franzi fuhr sich durch ihre strubbeligen Haare. Sie stutzte, als sie Kims kühlen Blick bemerkte. »Ist was?«
»Allerdings.« Kims Tonfall war noch eisiger als die Windböe, die gerade durch die kahlen Baumkronen fuhr. »Ich muss mit euch reden.«
»Was gibt's?«, fragte Marie. »Hast du Stress mit Michi?«
Kim schüttelte den Kopf. »Nein, mit Michi ist alles in Ordnung. Es geht um den Poetry-Slam im *Lomo*. Ich hab mich gestern auf der Homepage etwas umgeschaut und dabei eine merkwürdige Entdeckung gemacht.«
Franzi und Marie wechselten einen schnellen Blick, den Kim genau registrierte. Flackerte da so etwas wie ein schlechtes Gewissen in den Augen ihrer Freundinnen auf?
Franzi räusperte sich. »Was hast du denn entdeckt?«
»Mein Name steht auf der Teilnehmerliste.« Äußerlich war Kim ganz ruhig, aber innerlich bebte sie vor Wut. »Dabei hab ich mich gar nicht eingetragen. Merkwürdig, oder?«
Marie nagte an ihrer Unterlippe, während Franzi konzentriert auf ihre Winterstiefel starrte. Beide sagten keinen Ton.

»Habt ihr vielleicht eine Idee, wer mich angemeldet haben könnte?« Kim ließ ihre Freundinnen nicht aus den Augen.
Franzi sah auf. Sie schien kurz mit sich zu ringen, dann sagte sie mit fester Stimme: »Das waren wir, Marie und ich.«
Kim schnaubte empört. Ihr Verdacht hatte sich bestätigt! Sie war stinksauer auf ihre Freundinnen, aber gleichzeitig auch ein wenig erleichtert, weil Franzi sie nicht anlog, sondern sofort alles zugab.
Marie räusperte sich umständlich. »Hör mal, Kim, es tut mir wirklich leid. Was wir getan haben, war nicht in Ordnung. Aber wir haben es nur gut gemeint.«
»Ach ja?« Kim stemmte die Hände in die Hüften. »Ihr habt mich hintergangen! Das hätte ich nicht von euch gedacht.«
Franzi seufzte. »Wir wollten dich nicht ärgern, sondern dir helfen! Ganz ehrlich, Kim, das musst du uns glauben.«
Marie nickte eifrig. »Wir hatten das Gefühl, dass du dich von selbst nicht dazu durchringen würdest, beim Slam mitzumachen. Darum haben wir … na ja … eben etwas nachgeholfen.«
»*Etwas nachgeholfen* ist gut!« Kim schüttelte ärgerlich den Kopf. »Ihr habt mich heimlich auf die Teilnehmerliste gesetzt! Dabei ist es ganz allein meine Entscheidung, ob ich mitmachen will oder nicht.«
»Du hast völlig recht«, lenkte Franzi ein. »Wir hätten das nicht tun dürfen. Es tut mir leid.«
»Mir auch.« Marie spielte verlegen mit den langen Fransen ihres Schals herum. »Wir sind wohl etwas über das Ziel hinausgeschossen. Kannst du uns trotzdem verzeihen?«
Kim zögerte. Sie fand die Aktion ihrer Freundinnen immer

noch total daneben. Andererseits hatten die beiden sofort ein umfassendes Geständnis abgelegt und sich entschuldigt. Außerdem war ihnen das schlechte Gewissen so deutlich ins Gesicht geschrieben, dass Kim beinahe kichern musste. Marie und Franzi erinnerten sie an die Zwillinge, wenn sie etwas ausgefressen hatten und Kims Mutter ihnen eine Standpauke hielt.

»Ihr habt Glück! Ich habe heute meinen großzügigen Tag.« Kim grinste. »Vergeben und vergessen, okay? Aber macht so etwas bitte nie wieder!«

»Großes Ehrenwort«, sagte Franzi ernst und Marie nickte.

Kim fiel ein Stein vom Herzen. Erst jetzt merkte sie, wie sehr die Sache sie belastet hatte. Kim hasste Streit und ungelöste Konflikte. Wie gut, dass sie sich gleich mit ihren Freundinnen ausgesprochen hatte und nun wieder alles klar zwischen ihnen war.

Marie rieb sich die Hände. »Was haltet ihr davon, wenn wir jetzt mit den Ermittlungen loslegen? Allmählich frieren mir die Finger ab.«

Kim grinste. »Kann es sein, dass deine Lederhandschuhe zwar modisch topaktuell, aber nicht besonders warm sind?«

»Schon möglich.« Marie betrachtete ihre Handschuhe und zuckte mit den Schultern. »Aber manchmal muss man eben Prioritäten setzen im Leben.«

»Also gut, fangen wir an.« Kim zeigte auf die Markierungen. »Die Polizei war schon hier, deshalb müssen wir bei der Untersuchung des Tatorts doppelt gründlich vorgehen.«

Franzi ging neben dem Grünstreifen zwischen Fahrbahn und Radweg in die Hocke. »Hier liegt ein roter Glassplitter!«

Sie begutachtete ihren Fund. »Er könnte vom Rücklicht eines Autos stammen.«
Kim nickte. »Es scheint ordentlich gekracht zu haben.« Sie scannte den Tatort mit geübtem Detektivinnenblick, konnte aber keine weiteren Indizien entdecken.
»Sonst wirkt alles ganz normal«, stellte Marie fest. »Ich fürchte, hier kommen wir nicht weiter.«
Kim betrachtete nachdenklich die Fahrbahn. »Manchmal sind gerade die Dinge wichtig, die man nicht sieht.«
»Hä?«, fragte Franzi verwirrt. »Was soll das denn heißen?«
Kim deutete auf die Landstraße, auf der gerade ein Geländewagen an den Detektivinnen vorbeirauschte. Um diese Uhrzeit war hier draußen zum Glück wenig Verkehr. »Fällt euch etwas auf?«
Marie zuckte mit den Schultern. »Die Fahrbahn wurde vor Kurzem erneuert. Darum fahren die meisten Autos ziemlich schnell.«
»Das meine ich nicht«, sagte Kim. »Es gibt keine Bremsspuren!«
Franzi pfiff durch die Zähne. »Stimmt!«
»Wahrscheinlich war der Fahrer des Unfallwagens mit überhöhtem Tempo unterwegs und konnte auf der glatten Fahrbahn nicht richtig bremsen«, vermutete Kim. »Kein Wunder, dass er die Radfahrerin gestreift hat.«
Marie war ein Stück weitergegangen und winkte aufgeregt. »Kommt mal her! Ich hab doch noch etwas gefunden!«
Kim und Franzi liefen zu ihr hinüber und Marie deutete triumphierend auf einen kleinen Gegenstand, der gut versteckt neben der Fahrbahn im gefrorenen Gras lag.

»Ein Zigarettenstummel!«, rief Franzi überrascht.
»Den muss die Spurensicherung übersehen haben«, stellte Marie fest. »Wahrscheinlich haben sie hier hinten gar nicht mehr gesucht.«
»Prima!« Kim zog eine Pinzette und einen kleinen Plastikbeutel aus der Tasche und ging in die Hocke, um das Indiz zu sichern. Sie hielt die Pinzette mit der Kippe in die Höhe. »Eine filterlose Zigarette der Marke *Jet Set*«, stellte sie fest.
»Ob sie vom Täter stammt?«, überlegte Franzi.
Kim zuckte mit den Schultern. »Gut möglich. Die Kippe könnte von der Fahrbahn auf den Seitenstreifen gerollt sein. Genauso gut kann sie aber natürlich jemand anders hier hingeworfen haben. Trotzdem nehmen wir sie zur Sicherheit mit.« Sie ließ den Zigarettenstummel in den Plastikbeutel fallen und verstaute ihn sorgfältig in ihrem Detektivrucksack. Dann stand sie auf. »Ich schätze, wir sind hier fertig.«
»Und jetzt?«, fragte Marie.
»Wir könnten nach Meinkirchen fahren und uns ein bisschen umhören«, schlug Franzi vor. »Vielleicht hat dort jemand etwas gesehen oder gehört.«
»Gute Idee!« Kim nickte.
Die drei !!! kehrten zu ihren Fahrrädern zurück, stiegen auf und traten in die Pedale. Meinkirchen war ein winziges Dorf, nur wenige Fahrradminuten vom Unfallort entfernt. Die Detektivinnen radelten langsam die Hauptstraße entlang. Die Häuser schienen sich unter dem schweren, grauen Winterhimmel zu ducken. Irgendwo bellte ein Hund, sonst wirkte das Dorf völlig verlassen. Kein Mensch war auf der Straße zu sehen, nichts regte sich.

Kim zog die Schultern hoch. Die Kälte drang durch ihre Jacke. Oder war es dieses abweisende Dorf, das sie frösteln ließ?
»Hier gibt es ja nicht mal einen Laden oder eine Kneipe«, stellte Franzi fest.
Marie schüttelte den Kopf. »Wie kann man in so einem Dorf nur leben? Hier ist ja überhaupt nichts los!«
»Dort drüben scheint eine Tankstelle zu sein.« Kim hatte kurz vor dem Ortsausgangsschild zwei Zapfsäulen entdeckt. Dahinter befanden sich ein kleines Kassenhäuschen und eine verrammelte Garage.
Die Detektivinnen fuhren um die Zapfsäulen herum, stellten ihre Räder ab und betraten das Kassenhäuschen. Es war gerade keine Kundschaft da. Der Tankwart saß hinter dem Tresen, trank Kaffee und blätterte in einer Sportzeitschrift. Der winzige Raum war vollgestopft mit Regalen voller Zeitungen und Illustrierten, Süßigkeiten, Keksen und Knabberzeug, einem Ständer mit leicht angestaubten Taschenbüchern, einer Kühltheke mit Getränken und einem Kaffeeautomaten.
»Guten Tag!« Kim ging zu den Süßwaren, suchte drei Schokoriegel aus und marschierte zur Kasse. »Wenig Betrieb heute, was?«, eröffnete sie das Gespräch.
»Das kannst du laut sagen.« Der Tankwart legte seine Zeitschrift zur Seite. »Seit die Umgehungsstraße gebaut wurde, fährt hier kaum noch jemand lang. Wenn das so weitergeht, kann ich bald dichtmachen.« Er nahm den Geldschein entgegen, den Kim ihm hinhielt, und tippte etwas in die Kasse ein.

»Das wäre aber schade«, sagte Marie. »Viele andere Einkaufsmöglichkeiten scheint es hier ja nicht zu geben.«
Der Mann schüttelte den Kopf. »Der Dorfladen hat schon vor drei Jahren geschlossen. Seitdem biete ich auch Milch, Eier und einige andere Lebensmittel an.« Er nickte zum Kühlregal hinüber, während er Kim das Wechselgeld reichte. »Und sonntags gibt es frische Brötchen vom Bäcker aus der Stadt.«
»Toll!« Franzi gab sich alle Mühe, angemessen begeistert zu klingen. »Übrigens soll es hier in der Nähe vor ein paar Tagen ja ordentlich gekracht haben«, bemerkte sie so beiläufig wie möglich. »Haben Sie etwas von dem Unfall mitbekommen?«
»Natürlich!« Der Tankwart schloss die Kasse. »Es war ja nur eine Frage der Zeit, bis so etwas passiert. Seit der Asphalt erneuert wurde, rasen die Leute hier auf der Landstraße wie die Verrückten. Kein Mensch hält sich mehr an die Geschwindigkeitsbegrenzung. Ich hab schon bei der Polizei angerufen und mich beschwert, aber angeblich reicht das Personal nicht, um regelmäßig Kontrollen durchzuführen.« Der Mann hatte sich richtig in Rage geredet. Offenbar lag ihm das Thema sehr am Herzen.
»Was ist denn genau passiert?«, fragte Marie. »Es ist doch hoffentlich niemand verletzt worden, oder?« Sie spielte gekonnt die Ahnungslose. Kein Wunder, schließlich nahm Marie seit Jahren Schauspielunterricht und hatte sogar schon bei einer professionellen Theaterproduktion auf der Bühne gestanden.
»Leider doch.« Der Tankwart wurde ernst. »Eine Frau aus

dem Dorf ist angefahren worden. Schlimme Sache. Die arme Edelgard hat es übel erwischt. Erst stand es gar nicht gut um sie. Dabei war sie am Freitagmittag noch bei mir und hat eine Packung Eier gekauft. Sie wollte einen Kuchen für das wöchentliche Treffen des Hausfrauenbundes backen …«

»Wie schrecklich!« Kim schüttelte den Kopf. »Geht es der Frau denn inzwischen wieder besser?«

Der Tankwart nickte. »Sie ist zum Glück über den Berg. Ihr Mann war vorhin kurz hier. Manfred Lockmann hat früher bei der Zimmerei im Nachbardorf gearbeitet. Jetzt ist er schon lange im Ruhestand. Manfred hat auf dem Weg ins Krankenhaus bei mir getankt und eine Schachtel Pralinen für seine Frau mitgenommen. Sie schwebt nicht mehr in Lebensgefahr, aber es wird wohl noch eine Weile dauern, bis sie aus dem Krankenhaus entlassen wird.«

»Das klingt, als hätte sie Glück im Unglück gehabt.« Kim griff nach den Schokoriegeln und wandte sich zum Gehen. »Wir müssen weiter. Auf Wiedersehen!«

»Tschüss!« Der Tankwart nickte den Mädchen zu. »Und denkt dran: Immer schön vorsichtig fahren!«

Die Detektivinnen verließen das Kassenhäuschen und schoben ihre Fahrräder den Bürgersteig entlang. Als sie außer Sichtweite waren, blieben sie stehen.

»Das war doch sehr interessant.« Franzi grinste. »Immerhin wissen wir jetzt, wie die verletzte Frau heißt und wo wir sie finden können.«

»Was haltet ihr von einem kleinen Krankenbesuch?«, fragte Kim. »Wir sollten Edelgard Lockmann unbedingt zum Unfallhergang befragen.«

»Gute Idee.« Franzi nickte. »Vielleicht ist ihr ja etwas aufgefallen, das uns auf die Spur des Täters bringt.«
Marie zückte ihr Handy. »Ich rufe im Krankenhaus an und frage, ob sie schon Besuch empfangen darf.«
Während Marie auf ihrem Smartphone herumtippte, verteilte Kim die Schokoriegel. »Wir brauchen dringend ein bisschen süße Nervennahrung«, behauptete sie. »Dieser Fall hat es wirklich in sich.« Sie wickelte ihren Schokoriegel aus und biss ein großes Stück ab.
Franzi seufzte. »Allerdings! Ich hab letzte Nacht kein Auge zugemacht. Ich glaube, ich werde erst wieder ruhig schlafen, wenn Stefans Unschuld bewiesen ist.« Sie knabberte ohne großen Appetit an ihrem Schokoriegel.
Marie telefonierte währenddessen mit dem Krankenhaus. Das Gespräch war ziemlich kurz.
»Und?«, fragte Kim, als Marie fertig war.
»Frau Lockmann liegt noch auf der Intensivstation«, berichtete Marie. »Dort dürfen nur Familienangehörige zu ihr. Aber sie wird wahrscheinlich bald auf eine normale Station verlegt. Die Schwester meint, wir sollen es übermorgen noch mal versuchen.«
»Mist!«, schimpfte Franzi. »Das dauert mir viel zu lange. Ich hab das Gefühl, wir kommen nur im Schneckentempo voran!«
»Der große Durchbruch kommt bestimmt noch«, sagte Kim beruhigend. »Was haltet ihr davon, wenn wir jetzt ins Hauptquartier fahren und die bisherigen Ermittlungsergebnisse zusammentragen?« Sie steckte sich den Rest ihres Schokoriegels in den Mund und kaute genüsslich.

Marie nickte. »Ich bin dabei.«
»Von mir aus.« Franzi zuckte mit den Schultern. »Alles ist besser, als nichts zu tun. Wenn ich jetzt zu Hause sitzen und Däumchen drehen müsste, würde ich garantiert verrückt werden!«

Familienzuwachs auf vier Pfoten

Obwohl es erst später Nachmittag war, dämmerte es bereits, als die Detektivinnen auf den winklerschen Hof radelten. Die Fenster des Bauernhauses leuchteten ihnen einladend aus dem winterlichen Zwielicht entgegen und Kim freute sich darauf, endlich ins Warme zu kommen.
»Mann, ist mir kalt!« Sie lehnte ihr Fahrrad gegen die Hauswand. »Ich kann meine Zehen kaum noch spüren.«
»Geht mir genauso.« Franzis Nasenspitze war so rot wie eine Verkehrsampel. »Nichts wie rein!«
Die drei !!! marschierten ins Haus. Aus der Küche schlugen ihnen wohlige Wärme und Kuchenduft entgegen.
Kim schnupperte. »Hmmm, hier riecht es aber gut.«
»Hallo, ihr drei!«, rief Frau Winkler aus der Küche. »Ich habe Kirschkuchen gebacken. Möchtet ihr ein Stück?«
»Ich glaube, da sagt Kim nicht Nein.« Franzi zwinkerte ihrer Freundin zu. Kim streckte ihr die Zunge heraus.
Schnell zogen die Detektivinnen ihre Jacken aus und betraten die Küche. Frau Winkler war gerade dabei, den Kuchen mit Puderzucker zu bestäuben. Stefan saß am Tisch und starrte trübsinnig in seine Kaffeetasse.
»Hallo, Stefan, wie geht's?«, begrüßte Franzi ihren Bruder und ließ sich neben ihm auf die Küchenbank fallen. Kim und Marie nahmen auf zwei freien Stühlen Platz.
Stefan zuckte mit den Schultern. »Geht so.«
»Die Sache mit dem Unfall setzt dir ganz schön zu, was?«, fragte Kim mitfühlend.

Stefan nickte. »Es ist schrecklich, unter Verdacht zu stehen, obwohl man völlig unschuldig ist.«
»Das kann ich mir gut vorstellen«, sagte Marie. »Diese Polizisten haben dich am Freitag ja auch behandelt wie einen echten Kriminellen. Ganz schön unverschämt!«
»Wie war es denn auf dem Präsidium?«, erkundigte sich Kim. »Hast du die Befragung gut überstanden?«
Stefan winkte ab. »Ich kann mich kaum noch daran erinnern, was ich gesagt habe. Ich war so müde nach der langen Warterei, dass ich zwischen den Fragen beinahe eingeschlafen wäre.«
»Eine Frechheit, dich die halbe Nacht warten zu lassen!«, schimpfte Frau Winkler. Sie stellte den duftenden Kuchen und einen Stapel Teller auf den Tisch. »Du warst ja gar nicht mehr vernehmungsfähig, als dieser Kommissar mit dir gesprochen hat. Wir hätten doch mit aufs Präsidium kommen und dir gleich einen Anwalt besorgen sollen. Ich mache mir schreckliche Vorwürfe …«
»Ach was, es ging doch auch ohne Anwalt.« Stefan trank einen Schluck Kaffee, während seine Mutter die Kuchenstücke auf die Teller verteilte. »Immerhin haben sie mich nicht gleich eingebuchtet.«
»Das wäre ja auch noch schöner!« Frau Winkler schnaufte empört. »Du hast schließlich nichts getan!«
»Die Polizei scheint das anders zu sehen«, sagte Stefan düster. »Leider sprechen die Indizien gegen mich.«
Oma Lotti kam auf ihren Gehwagen gestützt in die Küche. Sie hatte Stefans letzten Satz gehört. »Das wird sich bestimmt alles aufklären.« Sie warf ihrem Enkel einen aufmunternden

Blick zu. »Denk dran, mein Junge, deine Familie steht hinter dir. Und die Wahrheit wird früher oder später ans Licht kommen.«
Ein Lächeln huschte über Stefans Gesicht. »Danke, Oma Lotti.«
Frau Winkler half ihrer Schwiegermutter, sich an den Tisch zu setzen, und legte ein Stück Kuchen auf ihren Teller. Sie seufzte. »Hoffentlich klärt sich diese schreckliche Sache bald auf. Sonst drehe ich noch durch vor lauter Sorge!« Franzis Mutter strich sich mit einer fahrigen Bewegung eine dunkelrote Haarsträhne hinter das Ohr. »Aber jetzt lasst euch erst mal den Kuchen schmecken.«
Nachdenklich schob sich Kim einen Bissen Kirschkuchen in den Mund. Sie blickte zu Stefan, der mit hängenden Schultern am Tisch saß und in seinem Kuchen herumstocherte. Er wirkte wie ein Häufchen Elend. Oma Lotti hingegen schien den Schock vom Freitag gut überwunden zu haben. Kim staunte, wie souverän die alte Dame mit der Situation umging. Dass sie es sogar schaffte, Stefan Mut zuzusprechen, war wirklich bewundernswert!
Schweigend aßen alle ihren Kuchen. Die Stimmung war gedrückt, jeder hing seinen Gedanken nach. Kim erinnerte sich daran, wie fröhlich es noch vor wenigen Tagen in dieser Küche zugegangen war. Der Verdacht gegen Stefan hatte alles verändert. Kim legte ihre Gabel auf den leeren Teller. Franzi hatte recht, sie mussten dringend etwas unternehmen.
Kim schob ihren Stuhl zurück und erhob sich. »Wir wollten doch noch etwas besprechen.«

»Richtig!« Franzi sprang auf. Sie schien erleichtert zu sein, der düsteren Atmosphäre am Tisch zu entkommen. »Lasst uns in den Pferdeschuppen gehen.«
»Bis später«, antwortete Frau Winkler zerstreut.
Kim sah zu Franzis Bruder. »Äh – Stefan, hast du vielleicht einen Moment Zeit? Wir brauchen kurz deine Hilfe.«
Stefan zuckte mit den Schultern. »Klar, warum nicht?« Er schob seinen immer noch halb vollen Kuchenteller zur Seite und folgte den drei !!! nach draußen.
»Was hast du vor?«, zischte Franzi, während sie über den Hof zum Pferdeschuppen gingen.
»Wir sollten Stefan in unsere Ermittlungen einbeziehen«, flüsterte Kim zurück. »Vielleicht bringt uns das weiter.«
»Warum nicht?« Marie öffnete die Tür zum Schuppen. »Einen Versuch ist es wert.«
Die Detektivinnen und Stefan betraten das Hauptquartier.
»Gut, dass ich den Bollerofen vorhin noch vorgeheizt habe«, bemerkte Franzi.
Kim nickte. Im Hauptquartier war es tatsächlich gemütlich warm. »Setz dich bitte, Stefan. Wir haben ein paar Fragen an dich.«
Stefan stöhnte. »Du klingst fast wie der Kommissar auf dem Präsidium.«
»Keine Sorge, wir sind auf deiner Seite«, beruhigte Franzi ihren Bruder. »Wir wollen herausfinden, wer wirklich am Steuer des Unfallwagens saß.«
»Deshalb haben wir mit den Angestellten der Autovermietung gesprochen und den Unfallort untersucht«, berichtete Marie.

Stefan zog überrascht die Augenbrauen hoch. »Tatsächlich? Wahnsinn! Ihr wart ja wirklich fleißig in der kurzen Zeit.«
Franzi freute sich sichtlich über das Lob. »Danke!«
»Jemand muss unter deinem Namen und mit deinen Papieren einen Wagen bei der Autovermietung gemietet haben«, sagte Kim.
Stefan schüttelte den Kopf. »Wer macht denn so was? Und vor allem: Warum?«
»Wir hatten gehofft, du könntest uns das sagen.« Franzi ließ ihren Bruder nicht aus den Augen.
Stefan dachte kurz nach. »Tut mir leid, aber ich habe keine Ahnung, was dahinterstecken könnte.«
»Hast du Feinde?«, fragte Marie. »Ein Konkurrent aus dem Studium oder jemand, dem du mal die Freundin ausgespannt hast?«
Stefan lachte, aber es klang nicht besonders fröhlich. »Weder noch! Im Studium bin ich bestenfalls Durchschnitt und von Mädchen, die in festen Händen sind, lasse ich grundsätzlich die Finger.«
Kim zog ihr Detektivtagebuch heraus und schlug es auf. »Die Angestellte der Mietwagenzentrale hat den großen Unbekannten ziemlich genau beschrieben.« Sie las ihre Notizen vor.
»Klingelt da was bei dir?«, fragte Franzi. »Vielleicht kennst du den Typ ja.«
Stefan runzelte die Stirn. »Moment mal … das kommt mir tatsächlich irgendwie bekannt vor …« Er überlegte. »Ich hab's! Die Beschreibung erinnert mich an Hanno!«
»Dein WG-Mitbewohner?«, fragte Franzi überrascht.

Stefan nickte. »Hanno ist auch sehr groß und hat eine tiefe Stimme. Aber das könnte natürlich ebenso gut Zufall sein. Es gibt sicher eine Menge Typen, auf die diese Beschreibung passt.«
Die drei !!! wechselten einen Blick. Kim glaubte keine Sekunde an einen Zufall. »Kennst du diesen Hanno schon lange?«
Stefan zuckte mit den Schultern. »Geht so. Wir haben uns über eine Anzeige am Schwarzen Brett der Uni kennengelernt. Er suchte einen Mitbewohner und ich ein WG-Zimmer. Seitdem wohnen wir zusammen.«
»Wie ist er denn so?«, fragte Marie.
»Nett!« Stefan lehnte sich zurück. »Hanno ist für jeden Spaß zu haben. Man kann prima mit ihm die Nächte durchfeiern, dafür lässt er am nächsten Tag schon mal die erste Vorlesung sausen.« Stefan grinste. »Manchmal auch die zweite und die dritte.«
»Klingt ja nicht gerade nach einem Musterstudenten«, stellte Franzi fest. »Würdest du ihm zutrauen, dir Ausweis und Führerschein zu klauen, um damit ein Auto zu mieten?«
Stefan schüttelte den Kopf. »Nein, das glaube ich nicht. Hanno ist zwar manchmal ein Chaot, aber er ist nicht kriminell. Außerdem kann er mir meinen Ausweis gar nicht geklaut haben, weil ich ihn vor einer Weile verloren habe.«
»Was?«, rief Franzi. »Und das sagst du erst jetzt? Das ist eine wichtige Information!«
»Sorry, ist mir gerade erst wieder eingefallen«, entschuldigte sich Stefan.
»Kein Problem.« Marie schenkte Stefan ein verständnisvolles

Lächeln. »Wann genau hast du deinen Ausweis denn verloren? Und wo?«
»Das muss am vorletzten Wochenende auf dieser Studentenparty gewesen sein«, sagte Stefan. »Die BWL-Fachschaft hatte eine Jahresabschlussparty organisiert. Hanno und ich sind gemeinsam dort gewesen. Es war wahnsinnig voll und ziemlich lustig. Dass mein Ausweis weg ist, hab ich erst am nächsten Tag gemerkt.«
»Interessant.« In Kims Kopf überschlugen sich die Gedanken. Hatte Hanno den Ausweis gestohlen? Und wenn ja, warum? War die Aktion mit dem Mietwagen von langer Hand geplant gewesen? Oder hatte Stefans Mitbewohner mit dem Ausweis ursprünglich etwas anderes vorgehabt?
»Aber deinen Führerschein hast du noch, oder?«, vergewisserte sich Franzi.
»Ja, klar.« Stefan holte sein Portemonnaie hervor und zog eine kleine Plastikkarte heraus. »Hier ist er!«
»Merkwürdig …« Kim runzelte die Stirn. »Das passt irgendwie nicht zusammen.«
»Wie hat der Täter es geschafft, ohne Stefans Führerschein ein Auto auf seinen Namen zu mieten?«, überlegte Marie laut.
»Das ist das große Rätsel«, sagte Franzi.
Kim warf einen Blick auf ihre Uhr. »Dieses Rätsel werden wir heute leider nicht mehr lösen. Ich muss jetzt los, sonst komme ich zu spät zum Abendessen.« Sie schlüpfte in ihre Jacke und winkte ihren Freundinnen zu. »Tschüss, bis morgen!«

Kim trat so heftig in die Pedale, dass ihr der eisige Fahrtwind Tränen in die Augen trieb. Sie legte den Heimweg in Rekordzeit zurück und bremste um vier Minuten nach sieben vor dem Gartentor des Reihenhauses, in dem sie mit ihrer Familie wohnte. Genau vier Minuten zu spät. Wahrscheinlich saß ihre Mutter in diesem Moment am Esstisch und runzelte Unheil verkündend die Stirn, weil Kim noch nicht da war. Frau Jülich waren die gemeinsamen Familienmahlzeiten heilig und sie konnte sehr ungemütlich werden, wenn ein Familienmitglied ohne triftigen Grund zu spät kam.
Schnell stellte Kim ihr Fahrrad in den Schuppen und sprang die Stufen zur Haustür empor. Während sie den Schlüssel ins Schloss steckte, ging sie in Gedanken verschiedene Ausreden durch. Ein platter Reifen? Das hohe Verkehrsaufkommen in der Innenstadt? Oder eine unvorhergesehene Polizeikontrolle?
Kim hatte sich noch nicht endgültig entschieden, als sie ins Haus trat und überrascht im Flur stehen blieb. Sie lauschte mit gerunzelter Stirn. Statt des zu dieser Zeit üblichen Besteckklapperns waren aufgekratzte Stimmen und ein merkwürdiges Japsen aus dem Wohnzimmer zu hören.
Kim zog ihre Jacke aus und ging ins Wohnzimmer. Der Esstisch war noch nicht gedeckt. Kims Eltern und die Zwillinge standen mit Gläsern in der Hand mitten im Raum.
»Was ist denn hier …«, begann Kim. Weiter kam sie nicht. Ein bellendes Fellknäuel raste wie eine Rakete auf sie zu. Es sprang an ihr hoch und wedelte begeistert mit dem Schwanz. Kim starrte es an. »Aber das ist ja … ein Hund!«, stellte sie verblüfft fest.

»Toll kombiniert, Superdetektivin!« Ben kicherte.
Lukas verdrehte die Augen und tat so, als würde er in Ohnmacht fallen.
»Darf ich dir unser neues Familienmitglied vorstellen?« Herr Jülich deutete mit einer ausladenden Geste auf den wedelnden Hund. »Das ist Pablo, seines Zeichens waschechter Spanielmischling und Familienhund in Ausbildung.«
Kim sah zu ihrer Mutter, während sie Pablo zwischen den Ohren kraulte. »Heißt das, du hast den Job als Rektorin bekommen?«
Frau Jülich nickte glücklich. »Ist das nicht schön? Ich bin wahnsinnig erleichtert, dass die Entscheidung endlich gefallen ist.« Sie trank einen Schluck Sekt.
Herr Jülich griff nach einem Glas Orangensaft, das auf dem Couchtisch stand, und reichte es Kim. »Hier, für dich. So eine Beförderung muss schließlich gebührend gefeiert werden.« Er hob sein Sektglas. »Auf die frischgebackene Frau Rektorin!«
Kim stieß mit ihren Eltern an und umarmte ihre Mutter. »Herzlichen Glückwunsch, Mama! Toll, dass es geklappt hat.«
Frau Jülich wirkte trotz aller Freude immer noch ziemlich angespannt. »Mit dem neuen Job kommt eine Menge Arbeit auf mich zu.« Sie seufzte. »Hoffentlich schaffe ich das auch alles! Eine Schule zu leiten ist schließlich eine riesige Herausforderung.«
»Mach dir keine Sorgen.« Herr Jülich gab seiner Frau einen Kuss auf die Wange. »Wenn jemand den Laden schmeißt, dann du.«

»Stell dir vor, wir sind gleich nach der Schule ins Tierheim gefahren«, erzählte Ben aufgeregt. »Mama und Papa haben mit Frau Schiffer, der Leiterin des Tierheims, geredet und wir durften Pablo gleich mitnehmen!«
»Vorerst ist er aber nur zur Probe hier«, schränkte Frau Jülich ein. »Damit wir sehen, wie wir mit ihm zurechtkommen.«
»Und wie er mit uns zurechtkommt«, fügte Lukas hinzu. »In drei Tagen besucht uns jemand vom Tierheim und schaut nach, ob alles in Ordnung ist.«
»Und dann dürfen wir Pablo für immer behalten!«, rief Ben begeistert. Er hüpfte herum wie ein Flummi.
Kim ging in die Hocke, um sich Pablo aus der Nähe anzusehen. Der neue Liebling der Zwillinge war ziemlich klein, hatte wuscheliges schwarz-weißes Fell, kaffeebraune Augen und Schlappohren. »Du bist ja ein Süßer.« Kim kraulte Pablo zwischen den Ohren. Das schien ihm zu gefallen, denn er leckte begeistert Kims Hände ab. Kim kicherte. »He, das kitzelt!«
»Pablo ist noch sehr jung und verspielt«, sagte Herr Jülich. »Es wird sicher ein ordentliches Stück Arbeit, ihm anständige Manieren beizubringen.«
»Das machen *wir*!«, rief Lukas sofort. »Schließlich ist Pablo *unser* Hund.«
»Genau.« Ben nickte nachdrücklich. »Dürfen wir jetzt mit Pablo Gassi gehen?«
Frau Jülich sah auf die Uhr. »Himmel, so spät schon! Es ist höchste Zeit fürs Abendessen.« Sie trank ihr Sektglas aus. »Ihr zwei geht schnell eine Runde mit dem Hund, wir decken so lange den Tisch.«

»Super!« Die Zwillinge stürmten aus dem Wohnzimmer. Im Flur begannen sie, sich lautstark darüber zu streiten, wer zuerst die Leine halten durfte. Pablo folgte ihnen fröhlich bellend.
Frau Jülich sah ihren Söhnen kopfschüttelnd nach. »Worauf haben wir uns da nur eingelassen? Als wenn wir nicht schon genug Chaos hätten, auch ohne Hund.«
Kims Vater winkte ab. »Ach was, Ben und Lukas tut es bestimmt gut, Verantwortung für Pablo zu übernehmen.«
Kim war sich da nicht so sicher. Wie lange die Begeisterung ihrer Brüder für das neue Familienmitglied wohl anhalten würde?

Interessante Erkenntnisse

Am nächsten Tag trafen sich die Detektivinnen nach der Schule vor Stefans Haus, um seinem Mitbewohner ein bisschen auf den Zahn zu fühlen.

»Dieser Hanno darf auf keinen Fall merken, dass wir ihn verdächtigen«, sagte Franzi. »Sonst macht er garantiert sofort dicht. Am besten, wir tun so, als wollten wir Stefan besuchen.«

»Ist dein Bruder denn zu Hause?«, fragte Marie.

Franzi schüttelte den Kopf. »Stefan ist an der Uni. Er hat heute ein wichtiges Seminar. Er hat gesagt, das sei jetzt genau das Richtige, um sich von dem schrecklichen Verdacht abzulenken.«

Kim sah an der schmucklosen Fassade des Mehrfamilienhauses empor. Irgendwo hinter diesen Fenstern lag die WG von Hanno und Stefan. Ob sie gleich dem Täter gegenüberstehen würden? Dem Mann, der eine Frau verletzt hatte und eiskalt weitergefahren war? Kim kroch eine Gänsehaut über den Rücken.

Franzi drückte auf den Klingelknopf. Kurze Zeit später ertönte der Summer und sie betraten das Gebäude. Von innen wirkte das Haus ähnlich schlicht wie von außen. Das Treppenhaus war sauber und hellgrau gestrichen. Es roch nach gebratenen Zwiebeln. Einen Fahrstuhl gab es nicht. Die Detektivinnen stiegen die Stufen hoch bis in den vierten Stock.

Kim schnaufte. »Wie weit ist es denn noch?«

»Wir sind schon da.« Franzi steuerte auf eine weit geöffnete Wohnungstür zu. Im Flur türmten sich Schuhe unter einer unordentlichen Garderobe. Aus einem angrenzenden Zimmer drang Musik, doch es war niemand zu sehen. »Hallo?« Franzi blieb auf der Türschwelle stehen. »Ist jemand zu Hause?«

»Immer hereinspaziert!«, rief eine dunkle Stimme aus dem hinteren Teil der Wohnung.

Zögernd folgten die drei !!! der Aufforderung. Der Flur war so klein, dass sie kaum alle gleichzeitig darin Platz fanden. Kim sah sich um und entdeckte den Ärmel einer dunkelbraunen Lederjacke, die unter einer Menge anderer Klamotten an der völlig überfüllten Garderobe hing. So eine Jacke hatte der Täter getragen!

Vom Flur gingen drei Türen ab. Alle standen offen. Rechts befand sich das Bad, geradeaus die Küche und links das Zimmer, aus dem die Musik kam. Sie wurde plötzlich leiser und eine Gestalt erschien auf der Schwelle. Das musste Hanno sein. Er war so groß, dass er den Kopf einziehen musste, um nicht gegen den Türrahmen zu stoßen.

»Hallo!« Lächelnd fuhr er sich durch seine kurzen roten Haare. »Welcher Glanz in meiner bescheidenen Hütte! Hey, du bist doch Stefans Schwester, oder?«

Franzi nickte. »Und das sind meine Freundinnen Kim und Marie. Wir wollten Stefan einen spontanen Besuch abstatten«, behauptete sie. »Ist er in seinem Zimmer?«

Hanno schüttelte den Kopf. »Ihr habt Pech, Stefan ist den ganzen Nachmittag an der Uni.«

»Schade!« Marie machte ein enttäuschtes Gesicht. »Ich hatte mich so auf einen heißen Kakao mit Sahne gefreut. Wir waren gerade stundenlang in der Stadt shoppen und sind total durchgefroren.«

»Mit Kakao kann ich leider nicht dienen, aber ich könnte euch einen Kräutertee anbieten«, sagte Hanno.

Marie schenkte ihm ein strahlendes Lächeln. »Ehrlich? Das wäre einfach himmlisch!« In ihrem Blick lag so viel Begeisterung, dass Kim beinahe kichern musste. Manchmal übertrieb Marie ein bisschen mit ihren kleinen Schauspieleinlagen, aber Hanno schien keinen Verdacht zu schöpfen.

»Kein Problem.« Er ging an den Mädchen vorbei in die Küche. »Setzt euch doch.«

»Hoffentlich stören wir dich nicht gerade bei etwas Wichtigem«, sagte Kim und nahm auf einem Stuhl Platz. Die Küche war kaum größer als der Flur. Es gab einen altmodischen Gasherd, eine Spüle und einen Kühlschrank, an dem jede Menge Zettel, Postkarten, Fotos und Notizen hingen. An der gegenüberliegenden Wand stand ein wackeliger Holztisch, der auch schon bessere Zeiten gesehen hatte. Wahrscheinlich stammte er vom Flohmarkt. Genauso wie die drei bunt zusammengewürfelten Stühle. In der Spüle stapelte sich das schmutzige Geschirr und auf der Fensterbank vegetierte ein Topf mit Petersilie vor sich hin, der dringend mal wieder gegossen werden musste. Eine Tür führte in ein weiteres Zimmer, das vermutlich Stefan gehörte.

»Nein, ihr stört überhaupt nicht.« Hanno füllte den Wasserkocher und stellte ihn an. »Eigentlich müsste ich für eine Klausur lernen, aber ich hatte sowieso gerade keine Lust mehr. Ich bin immer froh, wenn mich jemand vom Lernen abhält.«

»Was studierst du denn?«, erkundigte sich Marie.
»Sport und Englisch«, antwortete Hanno. »Auf Lehramt.« Er holte drei Becher aus dem Schrank und stellte sie auf den Tisch, nachdem er mit einer schnellen Handbewegung ein paar Krümel von der Holzplatte gefegt hatte.
»Du siehst gar nicht aus wie ein Lehrer«, stellte Franzi fest.
Hanno lachte. »Das nehme ich als Kompliment. Vielleicht werde ich auch gar kein Lehrer. Sportjournalist fände ich nicht schlecht. Oder Eventmanager. Partys zu organisieren ist meine Spezialität.« Er goss kochendes Wasser in die Becher und hängte die Teebeutel hinein.
»Stefan hat schon erzählt, dass du gerne feierst.« Franzi zog einen der Becher zu sich heran.
»Ehrlich?« Hanno grinste. »Da hat er ins Schwarze getroffen. Letztens hatten wir hier eine spontane WG-Party. Eigentlich wollten nur ein paar Kommilitonen von mir vorbeikommen, aber irgendwie hat sich die Sache verselbstständigt. Plötzlich war die Bude gerammelt voll. Was soll's, wir hatten jede Menge Spaß. Zumindest bis die Polizei aufgekreuzt ist …«
Kim horchte auf. »Die Polizei? Was wollte die denn hier?«
Hanno zuckte mit den Schultern. »Einer der Nachbarn hatte sich über die laute Musik beschwert. Bestimmt dieser Rentner aus dem Erdgeschoss.« Er verdrehte die Augen. »Ich sag's euch, das ist ein totaler Spießer!«
»Und dann?«, fragte Franzi.
»Nichts weiter. Die Polizisten haben uns nur freundlich ermahnt, die Musik leiser zu drehen, und sind wieder gegangen.« Er grinste. »Wir haben noch bis vier Uhr morgens weitergefeiert. War echt lustig!«

Kim musterte Hanno unauffällig. Stefan hatte recht, die Beschreibung der Frau von der Autovermietung passte ziemlich gut auf seinen Mitbewohner. Hanno war groß und schlaksig, hatte kurze rötliche Haare und eine angenehme, tiefe Stimme. Außerdem schien er ein ziemlich draufgängerischer Typ zu sein, der zu spontanen Aktionen neigte. Hatte er aus einer Laune heraus Stefans Ausweis an sich genommen und damit den Wagen gemietet? Aber warum?
»Letzten Freitag soll es ja eine coole Party im Studentenwohnheim gegeben haben«, improvisierte Kim. »Warst du auch dort?«
Hanno runzelte die Stirn. »Welches Wohnheim meinst du?«
Kim wurde rot. Mist, jetzt saß sie in der Patsche! »Äh ... na ja ... das direkt an der Uni«, stammelte sie auf gut Glück.
»Du meinst das Wohnheim an der Stresemannstraße?«, fragte Hanno.
Kim nickte schnell. »Ja, genau!«
»Ich wusste gar nicht, dass die letztes Wochenende dort gefeiert haben.« Hanno zuckte mit den Schultern. »Was soll's, ich hätte sowieso keine Zeit gehabt. Am Freitag hatte ich ein Date mit meiner Freundin. Wir waren im *Isoletta* essen.«
Kim hätte am liebsten ihr Detektivtagebuch herausgeholt und mitgeschrieben, doch das wäre natürlich viel zu auffällig gewesen. Egal, diese wichtige Information würde sie bestimmt nicht vergessen. Sie mussten Hannos Alibi unbedingt überprüfen!
»Wow, nicht schlecht!« Marie nickte anerkennend. »Das scheint ja die große Liebe zu sein. Das *Isoletta* ist schließlich nicht gerade billig.«

Die drei !!! kannten das schicke italienische Restaurant von früheren Ermittlungen. Deshalb wussten sie, dass es für einen Studenten eigentlich viel zu teuer war.
Hanno zwinkerte Marie zu. »Juli und ich hatten unseren dritten Jahrestag, darum wollte ich mich etwas ins Zeug legen.«
»Verstehe.« Marie nippte an ihrem Kräutertee. »Hm, das tut wirklich gut! Draußen ist es so kalt, dass einem fast die Nase abfriert. Eigentlich wollten wir Stefan bitten, uns mit seinem Wagen nach Hause zu fahren. Blöd, dass er nicht da ist.« Sie warf Hanno einen koketten Seitenblick zu. »Oder hast du zufällig ein Auto?«
Hanno schüttelte den Kopf. »Einen eigenen Wagen kann ich mir nicht leisten. Sonst wäre es mir natürlich eine Ehre gewesen, den Chauffeur für euch zu spielen.«
Marie lächelte ihm zu. »Nett von dir.«
Kim sah auf die Uhr. »Wir sollten uns allmählich auf den Weg machen.« Sie trank ihren Kräutertee aus. »Danke, dass wir uns hier etwas aufwärmen durften.«
»Gern geschehen«, sagte Hanno. »Jederzeit wieder.«
»Richte Stefan schöne Grüße aus, wenn er nach Hause kommt«, bat Franzi. »Ich komme einfach ein andermal vorbei.«
»Prima.« Hanno folgte den Detektivinnen in den Flur. »Macht's gut und bis bald.« Er schloss die Tür hinter ihnen und kurze Zeit später wurde die Musik wieder aufgedreht. Die Bässe vibrierten sogar im Treppenhaus noch in Kims Magen.
»Kein Wunder, dass Hanno Stress mit den Nachbarn hat«,

stellte sie fest. »Bei der Lautstärke würde ich mich auch beschweren.«
Die gegenüberliegende Wohnungstür öffnete sich und eine junge Frau mit kurzen schwarzen Haaren trat heraus. Sie trug Sportklamotten und Laufschuhe.
»Ist bei Hanno schon wieder Party?«, fragte sie.
Marie schüttelte den Kopf. »Nein, den Krach veranstaltet er ganz alleine.«
»Das wundert mich gar nicht.« Die Frau grinste. »Der Typ scheint laute Musik zum Leben zu brauchen wie andere die Luft zum Atmen.«
»Kennst du Hanno näher?«, erkundigte sich Franzi.
Die Frau zuckte mit den Schultern. »Wie man sich halt so kennt, wenn man seit zwei Jahren Tür an Tür wohnt. Manchmal bin ich bei seinen WG-Partys dabei. Es bleibt einem auch kaum etwas anderes übrig, als mitzufeiern. Schlafen kannst du bei dem Lärm vergessen. Außerdem studieren wir beide Sport und haben ein paar Kurse zusammen. Ich heiße übrigens Isabelle.«
»Freut mich!« Franzi lächelte der Nachbarin zu. »Weißt du zufällig, ob sich Hanno letzten Freitag ein Auto gemietet hat?«
Isabelle runzelte die Stirn. »Warum willst du das wissen?«
»Äh …« Dieses Mal hatte Franzi einen Blackout.
»Es geht um eine Wette«, sprang Marie ein. »Franzi meint, Hanno am Freitag in einem Sportwagen von der Autovermietung gesehen zu haben. Kim und ich haben dagegen gewettet.«
»Genau.« Kim nickte schnell. »Hanno kann sich schließlich

gar keinen Sportwagen leisten – auch nicht, wenn er nur gemietet ist.«
Isabelle lachte. »Da hast du recht. Hanno ist immer knapp bei Kasse. Aber das ist nicht der einzige Grund, warum er sich garantiert kein Auto gemietet hat.«
»Was meinst du damit?«, hakte Franzi nach.
Isabelle beugte sich vertraulich vor und raunte: »Hanno musste vor ein paar Wochen seinen Führerschein abgeben, weil er mit Alkohol am Steuer erwischt wurde.«
»Was?« Kim riss die Augen auf.
»Er hatte sich den Wagen eines Freundes ausgeliehen, um zu einer Party irgendwo auf dem Land zu fahren«, erzählte Isabelle. »Tja, und dort hat er anscheinend ein Bier zu viel getrunken. Auf dem Rückweg ist er in eine Polizeikontrolle geraten und das war's dann! Den Lappen ist er erst mal für eine Weile los.«
»Dann hab ich die Wette wohl verloren.« Franzi zuckte mit gespieltem Bedauern die Schultern.
»Mach dir nichts draus, jeder kann sich mal irren«, sagte Kim tröstend.
Isabelle zog einen MP3-Player hervor und entwirrte das Kopfhörer-Kabel. »Ich muss jetzt los, mein tägliches Lauftraining absolvieren.«
»Viel Spaß«, wünschte Marie.
»Danke!« Isabelle steckte sich die Kopfhörer in die Ohren und lief die Treppe hinunter.

Eine halbe Stunde später saßen die Detektivinnen im *Café Lomo* an ihrem Lieblingsplatz und besprachen die neusten

Erkenntnisse. Vor ihnen auf dem niedrigen Couchtisch standen drei dampfende Becher *Kakao Spezial* und drei Teller mit ofenwarmen Brownies. Kim lief bei dem leckeren Schoko-Vanille-Geruch das Wasser im Mund zusammen. Diese süße Belohnung hatten sie sich nach dem anstrengenden Ermittlungstag wirklich verdient!

»Dass Hanno seinen Führerschein abgeben musste, wirft ein ganz neues Licht auf den Fall«, stellte Franzi fest. Sie hatte es sich auf einem der bunten Sitzsäcke bequem gemacht und streckte die Beine aus.

Kim nickte. »Das ist ein klares Motiv. Vielleicht hat Hanno mit Stefans Papieren das Auto gemietet, um seine Freundin zu beeindrucken.« Sie biss in ihren Brownie und ließ sich den warmen Schokoladenkuchen auf der Zunge zergehen.

»Klingt logisch.« Marie rührte ihren Kakao um und leckte die Sahne vom Löffel. »Erst holt er sie mit einem schicken Wagen ab, dann führt er sie ins *Isoletta* aus.«

»Aber woher hat er das Geld dafür?« Franzi runzelte die Stirn. »Sowohl Hanno selbst als auch seine Nachbarin haben gesagt, dass er immer knapp bei Kasse ist.«

Kim zuckte mit den Schultern. »Vielleicht hat er sich was geliehen.«

»Oder er dreht noch andere krumme Dinger«, sagte Marie.

»Glaubst du?« Franzi schüttelte den Kopf. »Das kann ich mir irgendwie nicht vorstellen. Eigentlich fand ich ihn ganz sympathisch. Ein bisschen chaotisch vielleicht, aber nett.«

»Ging mir genauso«, stimmte Kim zu. »Trotzdem müssen wir Hanno im Auge behalten. Er ist zurzeit unser Hauptverdächtiger.«

»Wie sollen wir weiter vorgehen?«, fragte Marie.
»Am besten, wir besuchen gleich morgen Frau Lockmann im Krankenhaus«, schlug Kim vor. »Vielleicht hat sie den Täter gesehen und kann bestätigen, dass es Hanno war. Außerdem sollten wir sein Alibi überprüfen.«
»Das kann ich übernehmen«, sagte Marie. »Ich komme auf dem Heimweg sowieso am *Isoletta* vorbei.«
»Verflixt!« Franzi schlug sich mit der Hand gegen die Stirn. »Warum haben wir kein Foto von Hanno gemacht? Dann könnten wir es Frau Lockmann im Krankenhaus zeigen.«
»Das wäre viel zu auffällig gewesen«, meinte Kim. »Wenn wir Hanno fotografiert hätten, hätte er bestimmt Verdacht geschöpft.«
»Kim hat recht. Deshalb habe ich mir erlaubt, ein kleines Souvenir aus Hannos Wohnung mitzunehmen.« Grinsend zog Marie etwas aus ihrer Handtasche. »Tada!«
»Was ist das?«, fragte Kim neugierig.
»Ich werd verrückt!« Franzis Augen wurden kugelrund. »Ein Foto von Hanno!« Sie riss es Marie aus der Hand. Es war ein Schnappschuss, der Hanno mit einem Glas in der Hand zeigte. Er prostete dem Betrachter gut gelaunt zu. Den freien Arm hatte er um eine hübsche Blondine gelegt, die ihn verliebt anlächelte. »Und die Frau ist garantiert seine Juli.«
Kim war genauso verblüfft wie Franzi. »Wo hast du das her?«
»Das Foto hing am Kühlschrank.« Marie strich sich eine honigblonde Haarsträhne hinter das Ohr. »Beim Rausgehen hab ich es unauffällig eingesteckt. Es ist natürlich nur geliehen. Wenn wir den Fall gelöst habe, gebe ich es Hanno zurück.«

»Nicht schlecht«, sagte Franzi anerkennend.
Kim nickte. »Gut gemacht! Mit etwas Glück kannst du das Foto morgen schon zurückbringen. Wenn Frau Lockmann Hanno erkennt, ist der Fall gelöst.«
»Dann könnte ich endlich mal wieder mit Leonhard skaten gehen.« Franzi seufzte. »Ich hab schon richtige Entzugserscheinungen.«
»Wegen Leonhard?«, fragte Marie grinsend.
Franzi schüttelte den Kopf. »Nein, natürlich nicht! Mir fehlt einfach die Bewegung.«
»Die Bewegung, aha. Schon klar.« Marie kicherte. Auch Kim musste grinsen.
Franzi verdrehte die Augen. »Glaubt doch, was ihr wollt!«
Ehe es Streit geben konnte, wechselte Kim das Thema. »Ich muss euch übrigens noch etwas sagen ...«, begann sie.
»Lass mich raten«, fiel ihr Marie ins Wort. »Michi hat dir endlich einen Heiratsantrag gemacht!«
»Quatsch!« Kim warf ihre Serviette nach Marie.
»Wenn ihr heiratet, werden Marie und ich aber Brautjungfern«, nahm Franzi den Faden auf.
»Au ja!« Maries Augen glänzten, während sie Kims Serviette zusammenknüllte. »Ich sehe es genau vor mir: Kim im weißen Brautkleid und Michi im schwarzen Anzug. Daneben Franzi und ich. Wir tragen bodenlange Seidenkleider mit Spitzenbesatz und weitem Rückenausschnitt in leuchtendem Türkis. Oder doch lieber in Apricot?«
»Wie wär's mit Petrol? Das passt prima zu meinen Haaren.« Franzi zwirbelte einen ihrer roten Zöpfe.
»Petrol ist völlig out«, behauptete Marie.

Kim schüttelte grinsend den Kopf. »Könnt ihr meine Hochzeit vielleicht später weiterplanen? Ich wollte euch etwas mitteilen.«
»Ach ja, richtig.« Marie setzte sich kerzengerade hin und schlug die Beine übereinander. »Worum geht es?«
»Ich habe einen wichtigen Entschluss gefasst.« Kim holte tief Luft und verkündete: »Ich werde am Poetry-Slam teilnehmen!«
»Nein!«, riefen Franzi und Marie wie aus einem Mund.
»Ehrlich?«, fragte Marie ungläubig.
Kim nickte. »Auch wenn ich diese Entscheidung vielleicht noch bereuen werde …«
»Unsinn!« Franzi sprang auf und fiel Kim um den Hals. »Herzlichen Glückwunsch! Ich bin so stolz auf dich.«
»Jetzt mach mal halblang, noch hab ich ja nicht gewonnen«, wehrte Kim ab.
»Aber du hast dich überwunden und den ersten Schritt gemacht.« Franzi ließ sich wieder auf ihren Sitzsack fallen und strahlte Kim an. »Das ist die Hauptsache.«
»Genau«, stimmte Marie zu. »Ob du gewinnst oder nicht, ist gar nicht so wichtig.«
Kim zog eine Grimasse. »Das sagt sich so leicht. Wenn ich vom Publikum ausgebuht werde, müssen wir uns ein neues Lieblingscafé suchen. Dann setze ich nie wieder einen Fuß ins *Lomo*.«
»Du schaffst das schon«, beruhigte Franzi ihre Freundin. »Dich buht garantiert niemand aus.«
»Wenn ich nur nicht so aufgeregt wäre …« Allein beim Gedanken an ihren Auftritt galoppierte Kims Herz los wie ein

Rennpferd nach dem Startschuss. Um sich zu beruhigen, trank sie einen großen Schluck *Kakao Spezial.* »Auf jeden Fall muss ich vorher meine Kurzgeschichte gründlich überarbeiten. Sie hat noch ein paar Längen und der Schluss könnte auch spannender sein.«

»Deine Geschichte kommt bestimmt super an.« Marie hob ihren Kakaobecher. »Auf Kims Auftritt!«

»Auf Kims Durchbruch als Schriftstellerin«, fügte Franzi hinzu.

Kim seufzte. »Darauf, dass ich diesen Abend irgendwie überlebe …«

Klirrend stießen sie ihre Kakaobecher gegeneinander.

Krankenbesuch mit Überraschungen

Kim gähnte, als sie am Mittwochnachmittag den Treffpunkt vor dem Haupteingang des Krankenhauses erreichte. Die letzte Nacht war mehr als unruhig gewesen. Daran war ein ganz bestimmtes Familienmitglied schuld …

»Da bist du ja endlich!«, rief Franzi, als sie Kim entdeckte. Sie und Marie warteten direkt neben der Eingangstür. »Uns frieren hier schon die Zehen ab.« Sie hüpfte von einem Bein aufs andere, um sich warm zu halten.

Marie zupfte an ihrer flauschigen Wollmütze herum. »Was ist denn mit dir los?« Sie musterte Kim prüfend. »Du siehst aus, als hättest du kein Auge zugetan. Hast du etwa jetzt schon schlaflose Nächte wegen des Poetry-Slams?«

Kim schüttelte den Kopf. »Nein. Ich habe gestern zwar noch ziemlich lange an meiner Kurzgeschichte gearbeitet, aber kaum war ich im Bett, sind mir auch schon die Augen zugefallen. Leider wurde ich mitten in der Nacht geweckt, weil Pablo in der Küche furchtbar gejault hat.«

»Euer neuer Hund?«, fragte Franzi. »Was war denn los?«

Kim seufzte. »Er hatte die ganze Küche vollgepinkelt.«

Franzi prustete los. »Sag bloß, er ist nicht stubenrein!«

»Offensichtlich nicht.« Kim war überhaupt nicht nach Lachen zumute.

»Vielleicht war es ja nur die Aufregung«, vermutete Marie. »Schließlich muss er sich bei euch erst eingewöhnen.«

»Hoffentlich gewöhnt er sich *schnell* ein«, sagte Kim. »Ich habe keine Lust, in Zukunft jede Nacht die Küche zu wischen. Meine Eltern fanden das auch nicht besonders witzig.«

»Und die Zwillinge?«, fragte Franzi.

Kim rieb sich müde die Augen. »Die haben geschlafen wie die Murmeltiere und von der ganzen Aktion nichts mitbekommen.«

Marie lachte. »Typisch!«

»Das hat mein Vater auch gesagt.« Kim unterdrückte ein Gähnen. »Aber davon abgesehen ist Pablo total süß.«

»Ich kann's kaum erwarten, ihn kennenzulernen«, sagte Franzi.

»Wenn er endgültig uns gehört, lade ich euch zu einem Pablo-Nachmittag ein«, versprach Kim. »Noch läuft ja die Probezeit. Die Zwillinge sind schon total nervös, weil morgen die Frau vom Tierheim kommt und das letzte Vermittlungsgespräch ansteht.«

»Hoffentlich überlegt es sich deine Mutter nach der vergangenen Nacht nicht noch anders«, sagte Marie. »Ich drücke euch jedenfalls die Daumen, dass alles klappt.«

»Danke!« Kim zog fröstelnd die Schultern hoch. »Sollen wir reingehen? Hoffentlich dürfen wir heute zu Frau Lockmann.«

Die drei !!! betraten das Krankenhaus und erkundigten sich am Empfang nach der verletzten Frau. Sie hatten Glück: Frau Lockmanns Zustand hatte sich gebessert. Sie lag auf einer normalen Station und durfte Besuch empfangen.

Die Detektivinnen fuhren mit dem Fahrstuhl in den dritten Stock.

»Übrigens war ich gestern noch kurz im *Isoletta*«, berichtete Marie, während sie sich die Wollmütze vom Kopf zog und ihre Haare zurechtzupfte.
»Und?«, fragte Kim. »Hast du etwas herausgefunden?«
»Allerdings.« Marie machte eine spannungsgeladene Pause. »Hanno hat uns angelogen. Er war am Freitag gar nicht dort essen.«
»Bist du sicher?« Franzi runzelte die Stirn.
Der Fahrstuhl hielt und die Türen glitten auseinander. Die drei !!! traten auf den Flur und liefen über den glänzenden Linoleumboden.
»Und ob!« Marie grinste. »Ich hab mich ein bisschen mit der Bedienung unterhalten. Stellt euch vor: Am Freitag war im *Isoletta* eine geschlossene Gesellschaft. Eine große Hochzeitsfeier mit über achtzig Personen.«
»Das ist ja ein Ding!« Kim schüttelte den Kopf. »Damit ist Hannos Alibi geplatzt. Das macht ihn natürlich umso verdächtiger.«
»Wenn Frau Lockmann ihn jetzt noch auf dem Foto erkennt, ist der Fall gelöst.« Franzi blieb vor der Tür zu Zimmer 313 stehen. »Bereit?«
Marie und Kim nickten. »Bereit!«
»Dann wollen wir mal.« Leise klopfte Franzi an die Tür und trat in einen kleinen Raum mit kahlen Wänden, in dem zwei Betten standen. Eines der Betten war leer, in dem anderen lag eine ungefähr sechzigjährige Frau in einem geblümten Nachthemd. Ihre grauen Locken standen unordentlich vom Kopf ab und ihr Gesicht auf dem weißen Kissen war blass.
»Frau Lockmann?«, fragte Kim.

Die Frau nickte. »Ganz richtig. Und wer seid ihr?« Ihre Stimme klang erstaunlich kräftig und ihre grauen Augen musterten die drei !!! neugierig.
»Wir sind Detektivinnen und wollen herausfinden, wer Ihnen das angetan hat.« Franzi deutete auf das Gipsbein von Frau Lockmann, das unter der Decke hervorschaute. Auch ihr linker Arm befand sich in einem Gipsverband.
Kim reichte Frau Lockmann eine Visitenkarte. »Wären Sie bereit, uns ein paar Fragen zum Unfallhergang zu beantworten? Natürlich nur, wenn Sie sich dazu bereits in der Lage fühlen.«
Die verletzte Frau sah sich die Karte gründlich an. »Ihr seid Detektivinnen? Aber ich dachte, die Polizei untersucht den Unfall.«
»Das tut sie auch«, erklärte Marie. »Wir ermitteln unabhängig von der Polizei und haben schon einiges herausgefunden.«
»Tatsächlich?« Frau Lockmann machte ein interessiertes Gesicht. »Na ja, was soll's. Doppelt hält besser!« Sie legte die Visitenkarte auf ihren Nachttisch und winkte die Mädchen heran. »Wie kann ich euch helfen?«
»Wir würden gerne wissen, wie der Unfall genau passiert ist«, erklärte Kim. »Bitte erzählen Sie uns den Hergang in allen Einzelheiten. Jedes Detail kann wichtig sein.«
Frau Lockmann seufzte. »Ich werde es versuchen, auch wenn ich mich nicht gerne an den Unfall erinnere. Es war einfach schrecklich!«
»Das kann ich gut verstehen«, sagte Marie. »Wir können jederzeit eine Pause machen, wenn es Ihnen zu viel wird.«

»Es geschah am Freitagabend, richtig?«, begann Franzi.
Frau Lockmann nickte. »Ich kam von einem Treffen des Hausfrauenbundes im Nachbarort, wie jede Woche. Es war schon dunkel. Ich war mit dem Rad unterwegs.«
»Sind Sie auf der Straße oder auf dem Radweg gefahren?« Kim zückte ihr Detektivtagebuch, um mitzuschreiben.
»Auf dem Radweg natürlich.« Frau Lockmann klang fast etwas beleidigt. »Ich bin schließlich nicht lebensmüde. Seit die Landstraße ausgebaut wurde, rasen die Leute dort wie die Verrückten, um möglichst schnell auf die Umgehungsstraße zu gelangen.« Sie griff nach einem Glas Wasser, das auf dem Nachttisch stand, und trank einen Schluck. »Es war sehr kalt und ich bin ganz langsam gefahren, weil der Radweg stellenweise ziemlich glatt war. Kurz vor Meinkirchen näherte sich ein Wagen mit hoher Geschwindigkeit von hinten. Ich habe noch gedacht, wie gefährlich das ist bei dem Glatteis …« Sie schüttelte den Kopf, als könnte sie es immer noch nicht glauben.
»Was ist dann passiert?«, hakte Marie nach.
»Als das Auto fast auf meiner Höhe war, kam es ins Schleudern«, fuhr Frau Lockmann fort. »Wahrscheinlich war die Fahrbahn vereist. Der Wagen hat mein Fahrrad gestreift. Ich bin gestürzt und am Boden liegen geblieben. Ich sag's euch, im ersten Moment hab ich nur kleine Sterne gesehen. Mir blieb die Luft weg und ich konnte mich nicht bewegen. Dass mein Arm und mein Bein gebrochen sind, hab ich erst später gemerkt. Der Schock hat die Schmerzen gedämpft – zum Glück!«
»Ist der Wagen sofort wieder losgefahren?«, fragte Kim.

Frau Lockmann schüttelte den Kopf. »Das Auto ist noch ein Stück weitergeschlittert und stehen geblieben. Die Fahrertür ging auf und jemand stieg aus.«
Kim hielt den Atem an. Vor lauter Aufregung vergaß sie völlig, sich Notizen zu machen. Ihre Finger krampften sich um den Kugelschreiber. Hatte Frau Lockmann den Täter tatsächlich gesehen?
Marie zog das Foto von Hanno heraus und hielt es der verletzten Frau hin. »War es dieser Mann?«
Frau Lockmann nahm das Foto in die Hand und warf einen schnellen Blick darauf. »Nein, der war es nicht.«
Die drei !!! wechselten einen enttäuschten Blick.
»Sind Sie ganz sicher?«, fragte Marie.
Frau Lockmann nickte. »Hundertprozentig. Es war nämlich gar kein Mann, der aus dem Auto gestiegen ist, sondern eine Frau.«
»Eine Frau?«, fragte Franzi überrascht.
Auch Kim konnte es kaum glauben. Das änderte alles! Offenbar waren sie von vorneherein auf der falschen Fährte gewesen.
»Die Frau lief zu mir herüber und beugte sich über mich«, erzählte Frau Lockmann weiter. »Sie war völlig panisch, hat gezittert und irgendetwas gemurmelt.«
»Was denn?«, fragte Kim gespannt.
»Das weiß ich nicht mehr.« Frau Lockmann zuckte bedauernd mit den Schultern. »Ich stand ja unter Schock. Die Frau ist zurück zum Auto gerannt. Erst dachte ich, sie holt Hilfe. Aber stattdessen ist sie in den Wagen gesprungen und einfach davongefahren.«

»So eine Gemeinheit!« Marie ballte wütend die Fäuste. »Wie konnte sie das nur tun? Die Frau hat doch gesehen, dass Sie schwer verletzt waren. Sie muss völlig skrupellos sein.«
»Ich glaube eher, sie hatte schreckliche Angst.« Frau Lockmann blickte nachdenklich in die Ferne. »Die Panik in ihren Augen werde ich nie vergessen.« Sie seufzte. »Kurz nachdem das Auto verschwunden war, muss ich ohnmächtig geworden sein. Ich bin erst im Krankenhaus wieder zu mir gekommen. Dort wurde ich sofort operiert, weil ich innere Blutungen hatte. Zum Glück konnten die Ärzte die Blutungen stoppen. Und sie haben mir versichert, dass die Brüche auch wieder vollständig verheilen werden.«
Franzi lächelte. »Das sind doch gute Aussichten.«
»Können Sie die Frau beschreiben?«, fragte Kim.
Frau Lockmann überlegte. »Ich glaube, sie hatte schwarze, halblange Haare und trug einen hellen Mantel. An mehr kann ich mich leider nicht erinnern. Es war dunkel und ich stand, wie gesagt, völlig neben mir.«
»Kein Problem.« Kim klappte das Detektivtagebuch zu und versuchte, sich ihre Enttäuschung nicht anmerken zu lassen. Mit dieser ungenauen Personenbeschreibung standen die Chancen, die Frau zu finden, gleich null. Aber das war schließlich nicht Frau Lockmanns Schuld. »Danke für Ihre Hilfe. Das waren sehr interessante Informationen.«
»Gern geschehen.« Frau Lockmann lächelte. »Ich freue mich über jede Abwechslung. Hier im Krankenhaus können die Tage ganz schön lang werden.«
»Wenn Ihnen noch etwas einfällt, melden Sie sich bitte bei uns«, sagte Marie.

»Natürlich.« Frau Lockmann nickte. »Glaubt ihr, ihr findet die Frau, die mich angefahren hat?«
»Wir tun, was wir können.« Kim wollte keine falschen Versprechungen machen.
Die Detektivinnen verabschiedeten sich von Frau Lockmann und verließen das Krankenhaus. Vor dem Haupteingang blieben sie stehen.
»Jetzt verstehe ich gar nichts mehr.« Franzi zog den Reißverschluss ihrer Jacke zu. »Warum saß eine Frau am Steuer? Der Unfallwagen wurde doch von einem Mann gemietet!«
»Das ist wirklich sehr merkwürdig.« Marie runzelte die Stirn, während sie sich ihren Schal fester um den Hals schlang. Es wurde bereits dunkel und ein kalter Wind fegte über den Vorplatz.
Kim versenkte die Hände tief in den Jackentaschen. »Vielleicht saß ja Hannos Freundin am Steuer.«
Franzi zog die Augenbrauen hoch. »Du meinst, Hanno hat das Auto gemietet und diese Juli ist gefahren?«
»Könnte doch sein, oder? Er hat schließlich keinen Führerschein mehr.« Kim fiel etwas ein. »Weißt du zufällig, ob Hanno raucht?«
Franzi zuckte mit den Schultern. »Keine Ahnung.«
»Denkst du an den Zigarettenstummel, den wir am Tatort gefunden haben?«, fragte Marie.
Kim nickte. »Vielleicht stammt er ja von Hanno. Wir sollten noch mal in die WG gehen und überprüfen, ob Hanno raucht und wenn ja, welche Marke. Wenn die Zigarettenmarken übereinstimmen, wäre das ein wichtiger Hinweis.«
»Gute Idee!« Marie warf einen Blick auf die Uhr. »Aber jetzt

muss ich los. Ich hab Tessa versprochen, auf Finn aufzupassen, damit sie zu ihrem Rückbildungskurs gehen kann.«
»Wie läuft es denn inzwischen mit Lina?«, erkundigte sich Kim.
»Prima!« Marie grinste. »Seit wir uns auf feste Finn-Zeiten geeinigt haben, sind wir ein Herz und eine Seele. Na ja, zumindest fast.«
»Du hast deinen Vorsatz fürs neue Jahr also tatsächlich umgesetzt«, stellte Franzi fest. »Glückwunsch!«
»Danke«, sagte Marie. »Besonders wenn es ums Wickeln geht, sind Lina und ich uns einig: Das kann gerne Tessa machen!«
Kim und Franzi lachten.
Kurze Zeit später machten sich die Detektivinnen auf den Heimweg. Franzi und Marie gingen zur Bushaltestelle. Kim winkte ihnen zum Abschied zu, schwang sich auf ihr Rad und trat in die Pedale. Sie war froh, heute mal etwas früher nach Hause zu kommen. So konnte sie sich sofort an den Schreibtisch setzen und vor dem Abendessen noch an ihrer Kurzgeschichte arbeiten. Ob sie die letzten Szenen lieber umstellen sollte? Oder wurde der Schluss dadurch zu vorhersehbar? Auch an der Hauptfigur musste sie dringend noch feilen …
In Kims Grübeleien hinein klingelte ihr Handy. Sie sprang vom Rad und nahm das Gespräch an.
»Hallo?«
»Hallo, Kim! Ich bin's, Michi. Störe ich?«
»Quatsch! Ich bin gerade auf dem Weg nach Hause.«
»Ich wollte dich nur schnell fragen, ob du Lust auf einen

spontanen Kinoabend hast. Wie wär's mit dem neuen Actionfilm mit Bruce Willis? Davon abgesehen hab ich schreckliche Sehnsucht nach dir und würde dich liebend gerne wieder mit Schokolade füttern.«

Kim grinste. »Klingt verführerisch. Leider geht's heute nicht. Ich muss meine Kurzgeschichte überarbeiten.«

»Das kannst du doch morgen noch machen«, erwiderte Michi. »Die Geschichte läuft dir schon nicht weg. Wie wär's, wenn ich dich mit einer extragroßen Tüte Gummibärchen und einem Eis deiner Wahl besteche?«

Kim musste lachen. »Das ist unfair! Du weißt genau, dass ich so einem Angebot nicht widerstehen kann.«

»Also kommst du mit?«, fragte Michi hoffnungsvoll.

Kim kämpfte kurz mit sich, dann schüttelte sie den Kopf. »Nein. Es geht wirklich nicht. Versteh das bitte, Michi. Dieser Auftritt beim Poetry-Slam ist furchtbar wichtig für mich. Ich möchte dort mit einem richtig guten Text antreten, darum setze ich mich heute Abend lieber an den Computer.«

Michi seufzte. »Schade.« Die Enttäuschung in seiner Stimme versetzte Kim einen Stich.

»Tut mir leid. Sei nicht sauer, okay?«

»Unsinn! Ich drück dir die Daumen, dass du gut vorankommst.«

»Danke, das ist lieb von dir«, sagte Kim erleichtert. »Ich vermisse dich übrigens auch sehr. Hoffentlich bis ganz bald!«

Sie schickte einen Kuss durch die Leitung und steckte das Handy weg. Lächelnd stieg sie auf ihr Rad und fuhr weiter. Doch jetzt war ihr Kopf voller Michi-Gedanken. Was für eine süße Idee, sie spontan ins Kino einzuladen! Kim stellte sich vor, wie sie während des Films ihren Kopf an Michis Schulter gelehnt und sich an ihn gekuschelt hätte. Sie hatte plötzlich schreckliche Sehnsucht nach ihm. Sie seufzte. Es würde nicht leicht werden, sich heute Abend auf den Text zu konzentrieren …

Eins wusste sie schon jetzt: Das Leben als Schriftstellerin war hart und voller Entbehrungen!

Ungebetene Gäste und eine handfeste Drohung

»Hallo! Das ist ja eine Überraschung.« Stefan öffnete weit die Wohnungstür. Er trug eine karierte Küchenschürze und rosa Gummihandschuhe.
Franzi kicherte. »Wie siehst du denn aus?«
Stefan zuckte mit keiner Wimper. »Wieso? Hast du noch nie einen Mann mit Schürze gesehen? Kommt rein.«
»Ist Hanno da?«, erkundigte sich Marie. »Wir wollten ihn etwas fragen.«
Stefan schüttelte den Kopf. »Nein, er hat ein Date mit seiner Freundin.«
Im Flur hatte sich nichts verändert. Auf dem Boden stapelten sich Schuhe und die Garderobe war unter diversen Jacken und Mänteln verborgen. Kim hielt Ausschau nach der braunen Lederjacke, aber sie war nicht da. Wahrscheinlich hatte Hanno sie gerade an.
Stefan führte die drei !!! in die Küche, wo sie sich auf dieselben Plätze setzten wie gestern. »Ich bin diese Woche mit dem Abwasch dran.« Er zog eine Grimasse und deutete auf das mit Wasser und Schaum gefüllte Spülbecken, in dem schmutziges Geschirr einweichte.
»Lass dich nicht stören.« Franzi kicherte. »Ich weiß ja, wie gerne du abwäschst.«
»Ha, ha!« Stefan lachte kurz und trocken. »Was hältst du davon, mir zu helfen, statt dich über mich lustig zu machen?«
»Nichts«, antwortete Franzi schlicht und schob gleich die

Frage nach, wegen der sie hergekommen waren. »Sag mal, raucht Hanno eigentlich?«
»Manchmal.« Stefan griff nach der Spülbürste und begann, einen völlig verkrusteten Teller zu bearbeiten. »Er raucht hauptsächlich auf Partys oder wenn er im Lernstress ist.« Stefan grinste. »Was bei Hanno allerdings nicht so oft vorkommt. Warum?«
»Ach, nur so.« Franzi zupfte ein paar vertrocknete Blätter von der Petersilie auf dem Fensterbrett. »Diese arme Pflanze muss übrigens dringend mal wieder gegossen werden.«
»Lenk nicht ab!« Stefan drohte seiner Schwester mit der Bürste. »Verdächtigt ihr Hanno etwa immer noch? Er hat mir erzählt, dass ihr gestern hier wart. Mir kam die Sache mit dem spontanen Besuch gleich komisch vor. Du wusstest schließlich ganz genau, dass ich an der Uni war.«
Franzi machte ein zerknirschtes Gesicht. »Stimmt, da haben wir tatsächlich ein bisschen geflunkert.«
»Wir wollten Hanno auf den Zahn fühlen, ohne dass er gleich Verdacht schöpft«, erklärte Kim. »Außerdem haben wir inzwischen herausgefunden, dass er ein falsches Alibi angegeben hat.«
Stefan schüttelte den Kopf. »Ich glaube nicht, dass Hanno etwas mit dem Unfall zu tun hat. Ich hab's euch schon mal gesagt: Er ist zwar ein Chaot, aber kein Verbrecher.«
»Und warum hat er uns dann angelogen?«, wollte Franzi wissen.
Stefan zuckte mit den Schultern. »Keine Ahnung. Wahrscheinlich steckt etwas völlig anderes dahinter.«
»Trotzdem müssen wir allen Spuren nachgehen«, sagte Ma-

rie. »Wir haben am Tatort eine Zigarettenkippe gefunden. Die würden wir gerne mit den Zigaretten vergleichen, die Hanno raucht.«
Stefan seufzte. »Wenn's unbedingt sein muss …« Er deutete mit der tropfenden Spülbürste auf den Kühlschrank. »Da oben steht ein Aschenbecher. Wie ich Hanno kenne, hat er ihn bestimmt noch nicht ausgeleert.«
Kim sprang auf. Auf dem Kühlschrank stapelten sich alte Zeitschriften, dazwischen flogen Briefumschläge, ein Flaschenöffner, ein kaputtes Feuerzeug und einige Kugelschreiber herum. Ganz hinten stand tatsächlich ein staubiger Aschenbecher voller Kippen.
»Perfekt!« Kim streifte sich die dünnen Plastikhandschuhe über, die sie als professionelle Detektivin immer dabeihatte, und trug den Aschenbecher zum Küchentisch. Vorsichtig nahm sie einen Zigarettenstummel heraus und begutachtete ihn.
»Igitt!« Franzi hielt sich die Nase zu. »Das stinkt ja ekelhaft!«
»Und?« Marie beugte sich gespannt vor. »Welche Marke ist es?«
»Keine Ahnung.« Kim drehte die Kippe hin und her. »Es steht nichts drauf.«
»Hanno dreht sich seine Zigaretten immer selbst«, bemerkte Stefan von der Spüle her. »Das ist billiger.«
»Mist!« Kim ließ die Kippe zurück in den Aschenbecher fallen. »Die Zigarette am Tatort war eindeutig nicht selbst gedreht.«
Marie seufzte. »Bei diesem Fall passt aber auch gar nichts zusammen!«
»Damit ist Hanno doch entlastet, oder?« Stefan ließ klares

Wasser über den sauberen Teller laufen und stellte ihn auf das Abtropfgestell.

»Nicht unbedingt.« Kim streifte die Gummihandschuhe ab. »Vielleicht hat die Kippe am Tatort auch gar nichts mit dem Fall zu tun.«

»Wir sollten Hanno auf jeden Fall fragen, warum er uns den Unsinn mit dem *Isoletta* erzählt hat«, sagte Marie.

Franzi wandte sich an ihren Bruder. »Weißt du zufällig, wo er sich mit seiner Freundin treffen wollte?«

Stefan überlegte. »Meistens geht er ins *Maxx*, das ist eine Studentenkneipe in der Nähe der Uni.« Er drehte sich um und lächelte den drei !!! zu. »Ich find's übrigens richtig toll, dass ihr euch so für mich ins Zeug legt – auch wenn ich Hanno für unschuldig halte. Euer Einsatz ist ein echter Lichtblick.«

Franzi lächelte zurück. »Ist doch selbstverständlich, Bruderherz.«

Es klingelte an der Wohnungstür. »Nanu, wer ist denn das?« Stefan blickte auf seine tropfenden Hände. »Wahrscheinlich hat Hanno mal wieder seinen Schlüssel vergessen. Kann bitte eine von euch aufmachen?«

»Klar!« Kim ging in den Flur und öffnete die Tür. Doch statt Hanno standen zwei fremde Männer auf der Schwelle. Sie waren beide groß, bullig und machten ausgesprochen finstere Gesichter. Der eine hatte eine Glatze, während der andere seine langen, leicht fettigen Haare zu einem dünnen Pferdeschwanz zusammengebunden trug. Diese Typen rochen nach Ärger, das war Kim sofort klar. Doch sie ließ sich nichts anmerken, sondern fragte höflich: »Was kann ich für Sie tun?«

»Wir wollen zu Stefan Winkler«, sagte der Mann mit dem Pferdeschwanz, ohne sich mit einer Begrüßung aufzuhalten.
»Einen Moment, bitte.« Kim rief in Richtung Küche: »Stefan, kommst du mal? Besuch für dich!«
»Sofort!« Einen Augenblick später erschien Stefan im Flur. Er hatte die Gummihandschuhe ausgezogen und wischte sich die Hände an der Küchenschürze ab. Als er die Männer erblickte, runzelte er die Stirn. »Sie möchten zu mir?«
»Stefan Winkler?«, fragte der Pferdeschwanz-Typ. Ohne eine Antwort abzuwarten, zog er ein Blatt aus seiner Jacke und hielt es Franzis Bruder vor die Nase. »Dies ist ein Mahnbescheid über 9.489 Euro. Da Sie auf unser per Post zugestelltes Mahnschreiben nicht in der vorgesehenen Frist reagiert haben, stellen wir Ihnen diesen Bescheid persönlich zu.«
»Wie bitte?« Stefan musterte die beiden Besucher verwirrt. »Was wollen Sie?«
Auch Kim verstand nur Bahnhof.
»9.489 Euro«, antwortete der Glatzkopf, ohne eine Miene zu verziehen. »Sie können sofort in bar zahlen, dann ersparen Sie sich die Inkassogebühr von 94,89 Euro. Teilzahlungen sind auch möglich.«
»*Was* für eine Gebühr?«, fragte Stefan.
»Die Inkassogebühr«, wiederholte der Pferdeschwanz-Typ. »Die sich übrigens bei jedem unserer Besuche erhöht.«
Franzi und Marie tauchten hinter Stefan auf.
»Warum sollst du so viel Geld zahlen?« Franzi klang alarmiert. »Hast du Schulden?«
Stefan schüttelte den Kopf. »Nein!« Er griff nach dem Mahnbescheid und überflog ihn. »Ich soll drei Notebooks gekauft

haben? Und eine Stereoanlage, ein Autoradio, einen 55-Zoll-Flachbildfernseher sowie eine Waschmaschine? Das ist doch völliger Unsinn!«

»Sie haben die aufgeführten Waren nachweislich bei unserem Auftraggeber erworben«, stellte der Pferdeschwanz-Typ klar.

»Das wüsste ich aber!«, erwiderte Stefan. »Wann soll das denn gewesen sein?«

»Steht alles dort drin.« Der Glatzkopf zeigte auf den Bescheid. »Sämtliche Waren wurden über das Internet bestellt und wenige Tage später geliefert – aber leider bisher nicht bezahlt.«

»Das ist doch Unsinn! Ich habe nichts bestellt! Was soll ich denn mit drei Notebooks und einem riesigen Flachbildfernseher? Mein Autoradio funktioniert tadellos und unsere Waschmaschine ist zwar gerade kaputt, aber die kann man bestimmt noch reparieren.« Stefan ließ den Brief sinken und fuhr sich mit der freien Hand durch die Haare. Er klang jetzt richtig verzweifelt.

»Die Masche kennen wir zur Genüge.« Der Pferdeschwanz-Typ warf Franzis Bruder einen abfälligen Blick zu. »Glaub mir, Kumpel, wir haben alle Ausreden schon gehört. Du hast die Ware bestellt, also wirst du sie auch bezahlen.«

»Aber ich hab das Geld nicht!«, stellte Stefan klar. »Ich bin Student, bei mir ist nichts zu holen. Woher soll ich denn knapp zehntausend Euro nehmen?«

»Das ist dein Problem«, sagte der Glatzkopf kalt. »Wenn du nicht zahlst, wird gepfändet. Glaub mir, so eine Zwangsvollstreckung durch einen Gerichtsvollzieher ist nicht angenehm.«

»Und versuch ja nicht, irgendwelche Wertgegenstände vor uns zu verstecken.« Der Typ mit dem Pferdeschwanz sah Stefan drohend an. »Wir sind Profis und finden alles.«
»Übrigens können wir auch zu anderen Mitteln greifen, falls du dich weiterhin uneinsichtig zeigen solltest.« Der Glatzkopf grinste fies.
Stefan wurde blass. »Wollen Sie mir etwa drohen?«
»Jetzt reicht's aber!« Franzi stemmte die Hände in die Hüften und funkelte die Männer wütend an. »Mein Bruder hat nichts getan, also lassen Sie ihn gefälligst in Ruhe.«
Marie und Kim bauten sich neben Franzi auf.
»Ich glaube, Sie gehen jetzt besser«, sagte Kim ruhig.
Marie nickte. »Sonst informieren wir die Polizei über Ihre zwielichtigen Methoden.«
Die Männer zogen sich tatsächlich zurück. Doch der Pferdeschwanz-Typ drehte sich noch einmal um und warf Stefan einen scharfen Blick zu. »Wir behalten dich im Auge, Kumpel. Und wenn wir wiederkommen, wollen wir Bares sehen, klar? Sonst gibt es richtig Ärger!«
Ehe Stefan reagieren konnte, knallte Franzi die Wohnungstür zu. »Puh!« Sie atmete tief durch. »Was waren das denn für unangenehme Typen?«
Kim schauderte. »Die wirkten wie aus einem schlechten Fernsehkrimi. Echt gruselig!«
»Allerdings.« Marie sah zu Stefan. »Sind die schon mal hier gewesen?«
Stefan schüttelte den Kopf. Er sah immer noch ziemlich bleich aus. »Ich hab die beiden noch nie gesehen. Und ich hab auch nichts im Internet bestellt.«

»Was ist mit dem Mahnschreiben, von dem die Typen gefaselt haben?«, fragte Franzi. »Hast du das bekommen?«
»Keine Ahnung.« Stefan kratzte sich ratlos am Kopf. »Schon möglich, dass da irgendwann mal so ein Brief war, aber ich hab ihn nicht weiter beachtet. Ich dachte, das wäre ein Missverständnis. Außerdem hatte ich mit dem Verhör bei der Polizei und diesem schrecklichen Unfall-Verdacht wirklich andere Dinge im Kopf.«
»Hast du den Brief noch?«, fragte Kim. »Ich würde ihn gerne mal sehen.«
»Der fliegt bestimmt irgendwo auf meinem Schreibtisch herum. Kommt mit!« Stefan ging durch die Küche in sein Zimmer. Es war nicht besonders groß, wirkte aber trotzdem gemütlich. An der rechten Wand stand ein rotes Ausziehsofa mit vielen Kissen, gegenüber befand sich eine altmodische Kommode und vor dem Fenster der Schreibtisch. Er war übersät mit Papieren, zwischen denen mehrere Bücherstapel aufragten. »Ich schreibe gerade an meiner Hausarbeit über die Geschichte der Börse«, erklärte Stefan mit Blick auf die vielen Bücher. Er wühlte zwischen den Papieren herum, bis er triumphierend ein Blatt in die Höhe hielt. »Hier ist der Brief!«
»Zeig mal her.« Franzi nahm ihrem Bruder das Schreiben aus der Hand und die drei !!! beugten sich interessiert darüber.
»Das ist tatsächlich eine Mahnung«, stellte Kim fest. »Die Männer haben also zumindest in diesem Punkt die Wahrheit gesagt. Der Brief kommt von einem Inkasso-Unternehmen, für das die beiden Typen offensichtlich arbeiten.«
»Was ist ein Inkasso-Unternehmen?«, fragte Franzi.

»Ein Dienstleistungsunternehmen, das Firmen oder Einzelpersonen hilft, das ihnen geschuldete Geld einzutreiben«, erklärte Stefan, der sich als BWL-Student mit solchen Dingen auskannte.
»Klingt eigentlich nach einer guten Sache«, meinte Marie. »Es ist schließlich nicht in Ordnung, wenn man eine Leistung in Anspruch nimmt, ohne zu bezahlen.«
»Stimmt.« Stefan nickte. »Leider gibt es viele schwarze Schafe unter den Geldeintreibern. Den Leuten zu drohen, wie es die beiden Männer eben gemacht haben, ist unseriös.«
»Hier steht, dass du lauter teures Zeug im Internet bestellt hast.« Franzi wedelte mit dem Brief. »Wie kann das sein?«
Stefan zuckte mit den Schultern. »Wenn ich das wüsste! Ich kann mir nur vorstellen, dass es sich um ein Missverständnis handelt.«
»Leihst du mir den Mahnbrief?«, fragte Kim. »Vielleicht finde ich im Internet etwas über dieses Inkassobüro heraus.«
»Klar, nimm ihn gerne mit. Ich bin froh, wenn ich ihn los bin.« Stefan ließ sich auf seinen Schreibtischstuhl fallen und raufte sich die Haare. »Was ist bloß los in letzter Zeit? Irgendwie scheint sich alles gegen mich verschworen zu haben. Erst die Sache mit dem Unfall und jetzt soll ich auch noch einen Haufen Geld für Dinge zahlen, die ich nie gekauft habe. Als wenn ich nicht schon genug Ärger hätte!«
»Das wird sich bestimmt alles aufklären«, sagte Franzi tröstend. »Mach dir keine Sorgen.«
»Leichter gesagt als getan …« Stefan seufzte schwer.
»Kopf hoch!« Kim steckte den Brief ein. »Wir lassen dich nicht im Stich.«

Kurz vor dem Durchbruch?

Als die Detektivinnen vor Stefans Haus standen, warf Kim einen Blick auf die Uhr. »Wir haben noch etwas Zeit. Sollen wir ins *Maxx* gehen und Hanno zur Rede stellen?«
»Gute Idee!« Franzi nickte. »Ich bin gespannt, welche Erklärung er für sein falsches Alibi parat hat.«
Die drei !!! marschierten los. Zum Glück war die Studentenkneipe nur wenige Straßen entfernt. Vor dem Haus standen eine Menge Fahrräder und die Fensterscheiben waren beschlagen, sodass man nicht hineinsehen konnte.
»Scheint ja gut besucht zu sein, der Laden«, stellte Marie fest, als sie die Tür aufdrückte.
Warme, verbrauchte Luft schlug den Detektivinnen entgegen. Das Mobiliar war bunt zusammengewürfelt und schien größtenteils vom Flohmarkt zu stammen: durchgesessene Sofas mit verblichenen Bezügen, altmodische Ohrensessel, wackelig aussehende Küchenstühle mit bunten Sitzkissen und wurmstichige Holztische. Auf den Tischen, die alle besetzt waren, brannten Teelichter in Marmeladengläsern.
Kim sah sich um. »Dort hinten ist er.« Sie nickte zu einem Tisch in der Ecke hinüber. Hanno und seine Freundin saßen eng umschlungen auf einem Sofa mit abgeschabtem grünen Samtbezug und küssten sich leidenschaftlich. Die beiden großen Schalen Milchkaffee, die vor ihnen auf dem Tisch standen, hatten sie noch nicht angerührt.
Marie grinste. »Dafür, dass die beiden schon so lange zusammen sind, sind sie noch ganz schön verliebt.«

»Leider müssen wir das junge Glück jetzt stören.« Franzi ging zielstrebig auf das grüne Sofa zu.
Kim folgte ihr. Sie versuchte, einen Blick auf das Gesicht von Hannos Freundin zu erhaschen, aber die halblangen, tiefschwarzen Haare des Mädchens hingen wie ein Vorhang davor. Kim runzelte die Stirn. Irgendetwas stimmte hier nicht. Sie dachte angestrengt nach, aber sie kam einfach nicht drauf, was es war.
Franzi blieb vor dem Ecktisch stehen. »Hallo, Hanno! So schnell sieht man sich wieder.«
Hanno und seine Freundin fuhren auseinander. Sie waren so in ihren Kuss versunken gewesen, dass sie die Detektivinnen überhaupt nicht bemerkt hatten. Fast taten sie Kim ein bisschen leid. Hanno machte ein Gesicht, als wäre er bei etwas Verbotenem ertappt worden, und seine Freundin wurde knallrot.
»Wir wollen gar nicht lange stören«, sagte Marie zuckersüß. »Wir haben nur eine klitzekleine Frage: Was genau habt ihr letzten Freitag im *Isoletta* bestellt? Das Candlelight-Dinner für zwei? Oder das italienische Vier-Gänge-Menü?«
»Äh …«, stammelte Hanno. »Ich weiß nicht mehr …«
»Du weißt nicht mehr, was du gegessen hast?« Franzi zog eine Augenbraue hoch. »Seltsam. Könnte das vielleicht daran liegen, dass du überhaupt nicht im *Isoletta* warst?«
»Nein!« Hanno schüttelte verwirrt den Kopf. »Wie kommst du darauf? Was soll das hier überhaupt?«
»Du hast uns angelogen«, sagte Kim ruhig. »Im *Isoletta* war letzten Freitag eine geschlossene Gesellschaft. Wo bist du wirklich gewesen?«

»Das geht euch gar nichts an!« Hanno verschränkte die Arme vor der Brust. »Ich bin euch keine Rechenschaft schuldig.«
»Uns nicht, aber der Polizei.« Franzi funkelte Hanno wütend an. »Sie wird sich bestimmt brennend dafür interessieren, dass ein Mann, dessen Beschreibung perfekt auf dich passt, am Freitagabend auf Stefans Namen ein Auto gemietet und kurze Zeit später damit einen Unfall mit Fahrerflucht begangen hat. Am Steuer saß eine Frau, die zufällig aussieht wie deine Freundin.«
»Wovon sprecht ihr?« Das Mädchen sah mit großen Augen von den drei !!! zu Hanno. »Was für ein Unfall?«
»Emma hat nichts damit zu tun.« Hanno legte schützend den Arm um seine Freundin. »Lasst sie gefälligst in Ruhe!«
»Emma?« Kim runzelte die Stirn. »Ich dachte, deine Freundin heißt Juli.« In diesem Moment machte es klick und sie wusste wieder, was sie gerade gestört hatte. »Das ist nicht Juli!« Sie zeigte auf das dunkelhaarige Mädchen und verglich es im Geiste mit dem Foto von Hanno und seiner Freundin. »Juli ist blond!«
Hanno seufzte. »Stimmt.«
»Habt ihr euch getrennt?«, fragte Franzi überrascht.
»Na ja … nicht direkt …« Hanno war die Frage sichtlich unangenehm. »Zumindest noch nicht.«
»Du fährst also zweigleisig«, stellte Marie fest, die die Situation sofort erfasst hatte. »Ist es nicht ziemlich riskant, hier in aller Öffentlichkeit mit einer anderen herumzuknutschen?«
»Juli geht nie ins *Maxx*.« Ein bitteres Lächeln erschien auf Hannos Gesicht. »Es ist ihr zu schmuddelig hier. Sie besucht nur absolute Szene-Lokale.«

»Wie das *Isoletta*«, sagte Kim.
Hanno nickte. »Genau. Ich hab euch tatsächlich angelogen. Juli und ich waren nicht letzten, sondern vorletzten Freitag im *Isoletta*. Juli wollte dort unbedingt unseren Jahrestag feiern. Dabei ist der Laden eigentlich viel zu teuer für mich. Ich musste einen Kumpel anpumpen, um den Abend finanzieren zu können. Als Juli dann auch noch eine Flasche Champagner bestellt hat, ist mir der Kragen geplatzt. Ich hab ihr gesagt, dass es so nicht weitergeht. Ich bin schließlich kein Millionär!«
»Das fand sie wahrscheinlich nicht so toll, oder?«, vermutete Marie.
»Nein.« Hanno seufzte. »Sie war stinksauer und hat mir eine Szene gemacht. Der Abend war ein absolutes Fiasko. Danach bin ich aus lauter Frust noch hierher ins *Maxx* gegangen, um mich beim Billardspielen abzureagieren. Und da habe ich Emma kennengelernt. Es war Liebe auf den ersten Blick.« Er drückte Emma einen Kuss aufs Ohr. »Emma ist ganz anders als Juli. Sie braucht keine teuren Restaurants und keinen Champagner. Wir können uns auch ohne Geld amüsieren.«
»Stört es dich denn gar nicht, dass Hanno noch mit seiner Freundin zusammen ist?«, fragte Franzi wie immer sehr direkt.
Eine feine Röte überzog Emmas Gesicht. »Doch, natürlich«, sagte sie ruhig. »Aber ich kann auch verstehen, dass Hanno die Trennung nicht leichtfällt. Immerhin war er drei Jahre mit Juli zusammen. Wenn er noch etwas Zeit braucht, ist das okay für mich.«

»Ich werde bald mit Juli reden, versprochen.« Hanno sah Emma verliebt an. »Dann müssen wir uns nicht mehr verstecken.«
»Und wo warst du jetzt wirklich am letzten Freitag?«, wollte Kim wissen.
»Emma und ich waren im Kino.« Hanno zog zwei abgerissene Eintrittskarten aus seiner Jackentasche und reichte sie Kim. »Ich wollte nicht, dass jemand von mir und Emma erfährt, solange ich offiziell mit Juli zusammen bin. Darum habe ich euch angelogen.«
Kim kontrollierte die Karten. Datum und Uhrzeit stimmten mit der Tatzeit überein.
»Also hatte Stefan doch recht«, stellte Franzi fest. »Er hat dir die ganze Zeit vertraut und gemeint, dass etwas anderes hinter deinem falschen Alibi stecken müsste.«
»Stefan ist mein Freund«, sagte Hanno ernst. »Ich würde niemals etwas tun, das ihm schaden könnte.«
»Das wär's dann wohl.« Kim steckte die Kinokarten ein.
»Kleiner Tipp unter Freunden«, sagte Marie, während sie ihren Mantel zuknöpfte. »Du solltest bald mit Juli reden. Wenn sie zufällig erfährt, dass du zweigleisig fährst, gibt es einen Mordsärger.«
Hanno nickte. »Du hast recht. Ich werde es gleich morgen hinter mich bringen.«
Die Detektivinnen verabschiedeten sich und verließen die Kneipe.
»Damit wäre Hanno entlastet«, stellte Kim fest. »Sein neues Alibi ist wasserdicht.«
»Aber wer war es dann?«, fragte Franzi.

Marie und Kim zuckten mit den Schultern. Darauf wusste niemand eine Antwort.

Detektivtagebuch von Kim Jülich
Donnerstag, 21:01 Uhr
Stefan steckt ganz schön in der Patsche. Abgesehen von dem Verdacht, einen Unfall verursacht und Fahrerflucht begangen zu haben, hat er jetzt auch noch fiese Geldeintreiber am Hals, weil er angeblich teure Waren im Internet bestellt haben soll. In beiden Fällen wurde seine Identität missbraucht. Ich bin mir sicher, dass ein und derselbe Täter dahintersteckt – alles andere wäre einfach ein zu großer Zufall. Gerade habe ich eine Internetrecherche durchgeführt und Erstaunliches herausgefunden:
1. Das Inkassobüro, das die beiden Typen bei Stefan vorbeigeschickt hat, gibt es wirklich. Es hat seinen Sitz bei uns in der Stadt und der Internetauftritt wirkt ganz seriös. Entweder ist das nur Fassade oder die beiden Geldeintreiber sind schwarze Schafe.
2. Stefan ist nicht der Einzige, auf dessen Namen teure Waren bestellt wurden, ohne dass er etwas davon weiß! So etwas kommt erschreckend oft vor. Im Netz wird von zahlreichen Fällen des sogenannten Identitätsmissbrauchs berichtet. Es ist total unheimlich, wie leicht man im Internet in die Identität eines anderen schlüpfen kann. Nur mit dessen Namen und Geburtsdatum kann man über Onlineshops oder Versandhandel alles Mögliche bestellen – ohne es selbst bezahlen zu müssen! Leider werden die Täter in den seltensten Fällen gefasst.
So muss es auch bei Stefan gewesen sein. Die große Frage lautet: Wer steckt dahinter? Hanno kann es nicht gewesen sein. Abgese-

hen davon, dass er seine Freundin betrügt, hat er eine weiße Weste. Außerdem glaube ich ihm, dass er Stefans Freund ist und ihm deshalb so etwas niemals antun würde. Wir brauchen dringend einen neuen Verdächtigen!

Geheimes Tagebuch von Kim Jülich
Donnerstag, 21:18 Uhr
FINGER WEG! Meine privaten Aufzeichnungen gehen nur mich etwas an! Wer das nicht akzeptiert, dem schicke ich Glatzkopf und Pferdeschwanz vorbei. Lasst es lieber nicht darauf ankommen, denn die beiden sind echt gruselig …
Hilfe!!! Wer rettet mich vor dem peinlichsten Auftritt meines Lebens? Der Poetry-Slam rückt unerbittlich näher. Nächste Woche ist es so weit. Ich bin wahnsinnig nervös! Warum hab ich mich bloß bereit erklärt, dort mitzumachen? Ich verstehe mich selbst nicht mehr. Was für eine Schnapsidee! Am liebsten würde ich mich einfach wieder abmelden. Doch dann machen mir Franzi und Marie garantiert die Hölle heiß. Also werde ich mal wieder eine Nachtschicht am Computer einlegen. Mit meinem Text bin ich immer noch nicht zufrieden, obwohl ich stundenlang daran gearbeitet habe. Ich glaube, er wird eher schlechter als besser. Was soll ich nur tun?
Leider musste ich Michi schon wieder versetzen. Er wollte heute den Kinoabend nachholen, aber ich habe abgesagt. Es geht einfach nicht! Bevor meine Kurzgeschichte nicht fertig ist, habe ich keine ruhige Minute. Ich glaube, Michi war etwas genervt. Zitat: »Muss ich mir jetzt ein Jahr im Voraus einen Termin holen, um dich mal zu Gesicht zu bekommen?«
Mist! Stress mit Michi kann ich gerade gar nicht gebrauchen.

Ich konnte ihn immerhin halbwegs besänftigen, indem ich für morgen Abend fest zugesagt habe. Jetzt muss ich mich aber auf meine Geschichte konzentrieren, sonst kann ich den Poetry-Slam vergessen!

»Möchtet ihr ein Stück französischen Schokoladenkuchen?«, fragte Marie.
Kim nickte. »Gerne!« Sie unterdrückte ein Gähnen, während sie ihre Jacke auszog und sie in der großzügigen Eingangshalle der alten Villa an die Garderobe hängte. Die drei !!! hatten sich heute zum Detektivclub-Treffen bei Marie verabredet, um das weitere Vorgehen zu besprechen.
»Hat Pablo nachts mal wieder für Chaos gesorgt?« Marie führte ihre Freundinnen in die offene Wohnküche. Auf dem Esstisch stand ein großer Teller mit mehreren Stücken Schokoladenkuchen.
»Nein, ich hab noch ewig am Computer gesessen und an meiner Geschichte gearbeitet«, antwortete Kim. »Deshalb bin ich total müde. Pablo hat sich in den letzten Nächten vorbildlich verhalten. Gestern war jemand vom Tierheim da und hat sich davon überzeugt, dass es Pablo bei uns gut geht. Zum Glück ist alles glattgegangen. Jetzt gehört Pablo endgültig uns!«
»Super!« Franzi strahlte. »Deine Mutter hat also keine Bedenken mehr?«
»Ach was, Pablo hat sie längst um den Finger gewickelt. Er ist aber auch einfach zu süß!« Kim grinste. »Mama hat ihm sogar verziehen, dass er ihre Lieblingspumps angeknabbert hat.«

»Wow, das ist ein Zeichen von echter Zuneigung.« Marie deckte rasch den Tisch. »Wenn jemand meine Lieblingsschuhe anknabbern würde, würde ich ihn lynchen.«
Kim ließ sich auf einen Stuhl fallen. »Da besteht bei Finn ja keine Gefahr, oder?«
Marie grinste. »Nein, er hat zum Glück noch keine Zähne.« Sie verteilte den Schokoladenkuchen. »Lasst es euch schmecken! Den Kuchen hab ich nach der Schule noch schnell in der *Chocolaterie* an der Ecke gekauft.«
»Spitzenidee!« Im Handumdrehen war der erste Bissen in Kims Mund verschwunden.
Während Marie Kirschsaft in die Gläser goss, öffnete sich die Küchentür und Tessa kam herein. Sie trug Finn auf dem Arm. Maries kleiner Bruder steckte in einem blau-weiß gestreiften Strampler und fuchtelte mit seinen kleinen Händen in der Luft herum.
»Marie, kannst du Finn bitte mal kurz nehmen?«, bat Tessa. »Wir müssen gleich zum Babymassage-Kurs und ich habe noch nicht geduscht.« Sie hatte dunkle Ringe unter den Augen und wirkte gestresst.
»Ich mach das schon!« Kim ließ ihre Gabel fallen, sprang auf und griff nach Finn, ehe ihr Franzi oder Marie zuvorkommen konnten. »Hallo, mein Süßer! Du bist aber gewachsen.« Sie hielt das Baby vorsichtig fest und stützte seinen Kopf. Finn schenkte ihr ein zahnloses Lächeln und ruderte fröhlich mit den Ärmchen.
»Danke, Kim! Bin gleich wieder da.« Tessa verließ die Küche.
»Tessa sieht ganz schön müde aus«, stellte Franzi fest, während Kim wieder auf ihrem Stuhl Platz nahm.

»Kein Wunder, die Nächte mit Finn sind nach wie vor ziemlich unruhig.« Marie trank einen Schluck Kirschsaft. »Leider schläft der Kleine noch nicht durch. Und Papa dreht gerade wieder neue Folgen der *Vorstadtwache*, deshalb ist er kaum zu Hause.«

Kim war völlig versunken in den Anblick des Babys. »Ich glaube, Finn ist noch süßer geworden, seit ich ihn zuletzt gesehen habe.« Verträumt fuhr sie ihm über den Kopf. »Seine Haare sind total weich und flauschig. Und diese kleinen Finger! Einfach zum Verlieben …«

Franzi grinste. »Lass das nicht Michi hören! Sonst wird er glatt eifersüchtig.«

Kim seufzte. An Michi wollte sie jetzt lieber nicht denken, sonst bekam sie sofort ein schlechtes Gewissen. In letzter Zeit hatte sie ihn viel zu oft versetzt. Zum Glück würde sie ihn heute Abend sehen. Michi wollte Kinokarten besorgen und Kim freute sich auf die gemeinsamen Stunden. Doch jetzt waren erst mal die Ermittlungen dran.

Kim räusperte sich. »Sollen wir mit der Clubsitzung beginnen?« Als Marie und Franzi nickten, verkündete sie: »Ich glaube, wir stehen mit unseren Ermittlungen kurz vor einem entscheidenden Durchbruch!« Finn jauchzte begeistert und brachte Kim aus dem Konzept.

Marie lachte. »Pass auf, was du sagst, er versteht jedes Wort.«

Kim streichelte Finns kugelrunde Hamsterbäckchen. »Natürlich tust du das, nicht wahr, mein Kleiner? Du bist schließlich ein schlaues Kerlchen.« Finn griff nach Kims Zeigefinger und hielt ihn fest. Kim wurde warm ums Herz und sie hatte Mühe, sich zu konzentrieren. »Also, wo war ich?«

»Bei unserem entscheidenden Durchbruch«, half Franzi ihr auf die Sprünge.
»Ach ja, richtig.« Kim saß ganz still, damit Finn ihren Finger nicht losließ. »Ich hab gestern ein bisschen im Internet recherchiert. Habt ihr schon mal was von Identitätsmissbrauch gehört?«
»Schlüpfen da nicht Kriminelle in die Identität anderer Leute, um auf deren Kosten zu leben?«, fragte Marie.
»Genau«, bestätigte Kim. »Sie bestellen teure Waren im Internet und lassen sie zu Paketstationen oder leer stehenden Wohnungen in anonymen Mehrfamilienhäusern schicken, wo sie die Sachen unerkannt abholen und anschließend weiterverkaufen. In besonders heftigen Fällen eröffnen sie sogar Konten oder nehmen unter falschem Namen Kredite auf.«
Franzi schob sich einen Bissen Schokoladenkuchen in den Mund. »Ganz schön dreist!«
»So könnte es auch bei Stefan gewesen sein«, fuhr Kim fort. »Irgendjemand hat unter seinem Namen im Internet Laptops, eine Stereoanlage und so weiter bestellt, um damit ordentlich Geld zu verdienen. Die Geräte wurden an eine andere Adresse geschickt, genauso wie die Rechnungen. Darum hat Stefan so lange nichts davon mitbekommen. Irgendwann haben die geprellten Unternehmen das Inkassobüro eingeschaltet, um an ihr Geld zu kommen. Die haben Stefan schließlich aufgespürt und unter Druck gesetzt.«
»Klingt logisch.« Marie machte ein nachdenkliches Gesicht. »Wir müssten die Adresse herausfinden, an die die Waren geschickt wurden. Dann könnten wir dorthin gehen und die Täter stellen.«

»Die Idee hatte ich auch schon.« Kim seufzte. »Leider steht die Adresse nicht auf dem Mahnschreiben.«

»Mist!«, schimpfte Franzi. »Ständig landen wir in einer Sackgasse.«

»Vielleicht gibt es ja noch eine andere Möglichkeit«, sagte Marie langsam. »Wie hieß noch mal der Versandhandel, bei dem die Waren bestellt wurden?«

»*Elektronik-XXL*«, sagte Kim. »Warum?« Finn begann wieder, mit den Armen zu rudern, und ließ dabei Kims Finger los. Kim strich ihm sanft über den Kopf.

»Ich rufe da jetzt an.« Marie zückte ihr Smartphone, suchte die Nummer des Versandhandels im Internet heraus und tippte sie ein. »Guten Tag, mein Name ist Winkler, ich habe eine Frage«, begann sie das Gespräch. Ihre Stimme klang tief und selbstsicher, was sie wesentlich älter wirken ließ. »Mein Mann hat einige Waren bei Ihnen bestellt. Leider ist die letzte Lieferung nicht angekommen. Könnten Sie bitte überprüfen, ob die Lieferadresse stimmt?«

Kim kicherte. Die Vorstellung von Stefan und Marie als glücklichem Ehepaar mit Stereoanlage und Flachbildfernseher war einfach zu komisch!

»Okay, ich warte«, sagte Marie gerade. »Ja, genau … Aha … Nein, die Anschrift stimmt. Und das ist gleichzeitig die Rechnungsadresse, oder? … Ja, das mache ich. Vielleicht hat sich das Päckchen einfach verspätet. Vielen Dank!«

»Und?«, fragte Franzi gespannt, als Marie das Handy sinken ließ.

»Kennedystraße 52a«, verkündete Marie triumphierend. »Dorthin wurden alle Waren, die Stefan angeblich bestellt hat, sowie sämtliche Rechnungen geschickt. Kein Wunder, dass er keine einzige Rechnung bekommen hat.«

»Das ist der Beweis!« Kim grinste. »Stefan ist tatsächlich Opfer von Internetbetrügern geworden.«

Franzi sprang auf. »Nichts wie hin! Vielleicht erwischen wir die Verbrecher dort.«

»Wo liegt denn die Kennedystraße?«, fragte Kim.

»Einen Moment, das haben wir gleich.« Marie checkte die Adresse in ihrem Handy. »In der Südstadt, das ist ein ganzes Stück von hier.« Sie sah auf die Uhr. »Wenn wir uns beeilen, kriegen wir den nächsten Bus noch.« Sie stand auf und stellte rasch die Teller zusammen.

Tessa kam in die Küche. »Da bin ich wieder!« Ihre Haare waren noch feucht und verströmten einen leichten Duft nach Zitronenshampoo. Kim übergab Finn seiner Mutter. »Tschüss, Kleiner«, verabschiedete sie sich von Maries Bruder. »Ich hoffe, wir sehen uns bald wieder.«

Finn gluckste zum Abschied und Kim hätte ihm am liebsten einen dicken Kuss auf die weichen Haare gedrückt, aber sie hielt sich zurück.

Franzi stand bereits in der Eingangshalle und zog ihre Jacke an. »Beeil dich, Kim!«, drängelte sie. »Wir müssen los!«

»Ich komm ja schon.« Kim winkte Finn noch einmal zu, dann lief sie aus der Küche und schlüpfte in ihre Jacke, die Franzi ihr hinhielt.

Zehn Sekunden später verließen die Detektivinnen das Haus.

An der richtigen Adresse

Es dämmerte bereits, als die drei !!! in die Kennedystraße einbogen. Die Straßenlaternen warfen kreisrunde Lichtkegel auf den Bürgersteig und ließen die dünne Eisschicht auf den Steinen glitzern.

»Vorsicht, es ist glatt«, warnte Kim ihre Freundinnen. Sie steckte die Hände in die Jackentaschen und sah sich um. Die Straße wurde von großen, mehrstöckigen Mietshäusern gesäumt, die alle gleich aussahen. Jedes Haus hatte fünf Etagen und eine schmucklose, schmuddelig graue Fassade. Zwischen den Gebäuden lagen schmale Rasenflächen, die von halbhohen Büschen eingefasst wurden.

»Da vorne ist es!« Franzi deutete auf ein Gebäude auf der rechten Seite. Neben der Eingangstür prangte im Schein der Außenbeleuchtung die Hausnummer: 52a.

Die Detektivinnen näherten sich dem Haus. Kim ließ ihren Blick nach rechts und links wandern, doch es war niemand zu sehen. Sie waren allein auf der Straße. Vor der Haustür blieben sie stehen und studierten die Briefkastenschilder. Es waren eine ganze Menge. Kim zählte nach und kam auf fünfundzwanzig Stück.

»Hier!« Marie zeigte auf einen Briefkasten. Ein Papierstreifen war mit Tesafilm darauf befestigt worden. In krakeligen Buchstaben stand dort: *S. Winkler.*

»Bingo!« Franzi rieb sich die Hände. »Wir sind genau an der richtigen Adresse. Mal sehen, ob jemand zu Hause ist.« Kurz entschlossen drückte sie auf den Klingelknopf.

»Spinnst du?«, zischte Marie. »Was, wenn wirklich jemand aufmacht?«
»Dann nehmen wir ihn oder sie so richtig in die Zange, was sonst?« Franzi schien es kaum erwarten zu können, endlich der Person gegenüberzustehen, die ihrem Bruder so viel Ärger eingebrockt hatte.
Kim hielt den Atem an. Waren die Täter in der Wohnung? Würde sich gleich eine Stimme über die Sprechanlage melden? Aber nichts geschah. Kim stieß langsam die Luft aus. »Keiner da«, stellte sie fest.
»So was Blödes!« Franzi machte ein enttäuschtes Gesicht. »Was jetzt?«
In diesem Moment öffnete sich die Tür und ein älterer Herr kam heraus. Er ging leicht gebeugt und zog einen Dackel mit ergrautem Fell an einer Leine hinter sich her, der mindestens genauso alt zu sein schien wie sein Herrchen.
»Komm, Fiffi!«, lockte der Mann. »Gassi gehen!«
Aber Fiffi schien gar keine Lust zu haben, bei Kälte und Dunkelheit draußen herumzulaufen. Der Hund hatte den Schwanz eingezogen und trippelte nur äußerst widerwillig über den vereisten Bürgersteig.
Während sich Hund und Herrchen im Schneckentempo zur nächsten Straßenlaterne bewegten, an der Fiffi vermutlich sein Bein heben sollte, stellte Franzi geistesgegenwärtig ihren Fuß in den Türspalt.
»Hereinspaziert!« Sie drückte die Tür auf und lud Kim und Marie mit einer höflichen Verbeugung ins Haus ein.
Marie kicherte. »Vielen Dank, sehr freundlich!«
Im Treppenhaus sprang mit einem leisen Klacken die auto-

matische Beleuchtung an. Kim ging schnurstracks auf den Fahrstuhl zu, doch an der Tür hing ein Schild: DEFEKT!
Kim stöhnte. »Auch das noch! Hoffentlich ist die Wohnung nicht ganz oben.«
»Auf geht's!« Franzi sprang die Treppe hinauf und nahm scheinbar mühelos immer zwei Stufen auf einmal.
Leise vor sich hin schimpfend folgte Kim ihren Freundinnen. Sie hatte Pech. Erst im fünften Stock entdeckten sie eine Tür mit dem Namen Winkler. Auch hier war das Klingelschild nur provisorisch mit Klebeband befestigt worden. Kim rang noch nach Luft, während Franzi schon lautstark an die Tür klopfte. Die Detektivinnen lauschten, aber drinnen regte sich nichts.
Stattdessen öffnete sich die Tür zur Nachbarwohnung und eine Frau schaute heraus. Sie hatte Lockenwickler im Haar und musterte die drei !!! misstrauisch. »Da könnt ihr lange klopfen, die Wohnung steht schon länger leer.«
Kim nickte. Das passte ins Bild. Die Betrüger hatten sich tatsächlich eine verlassene Wohnung in einem anonymen Mietshaus gesucht, um sich dorthin gefahrlos die unter falschem Namen bestellten Waren schicken zu lassen.
»Schade.« Franzi ließ den Arm sinken. »Kommt denn manchmal noch jemand her?«
Die Nachbarin nickte. Sie öffnete die Wohnungstür etwas weiter. Intensiver Kohlgeruch quoll heraus und Kim hätte sich am liebsten die Nase zugehalten. Sie hasste Kohl! »Ab und zu schaut eine freundliche junge Frau vorbei, um die Post für den alten Herrn abzuholen, der hier gewohnt hat. Er ist vor einiger Zeit an einem Herzinfarkt gestorben.«

»Wie traurig«, sagte Kim.
Die Nachbarin zuckte mit den Schultern. »Wir müssen alle mal sterben.« Der Tod ihres Nachbarn schien sie nicht sonderlich zu berühren.
»Kommen ab und zu auch Pakete?«, erkundigte sich Marie.
»Ja, ziemlich oft sogar«, erzählte die Nachbarin. »Ich nehme die Pakete an und die junge Frau holt sie dann bei mir ab. Einmal wurde sogar eine Waschmaschine geliefert!«
»Ist es Ihnen denn gar nicht merkwürdig vorgekommen, dass ein Toter ständig Pakete bekommt?«, fragte Kim.
Die Frau runzelte die Stirn. »Nein, wieso? Ich will schließlich nur helfen. Ich bin nicht der Typ, der sich in die Angelegenheiten anderer einmischt.«
Kim seufzte. Wie konnte man nur so ignorant sein? Die Frau hatte es den Betrügern wirklich leicht gemacht.
»Wie sieht die Frau denn aus, die immer die Post holt?«, wollte Franzi wissen.
Die Nachbarin sah Franzi an, als hätte sie die Frage nicht richtig verstanden. »Wie soll sie schon aussehen? Ganz normal eben!«
Franzi verdrehte ungeduldig die Augen. »Geht es vielleicht ein *bisschen* genauer?«
»Genauer?« Die Frau dachte kurz nach. »Na ja, sie ist nicht besonders groß und hat halblange, dunkle Haare. Außerdem ist sie immer sehr nett und höflich. Einmal hat sie mir sogar eine Schachtel Pralinen mitgebracht, als kleines Dankeschön. Aber warum wollt ihr das eigentlich alles wissen?« Das anfängliche Misstrauen war in ihren Blick zurückgekehrt.

»Nicht so wichtig«, sagte Kim. »Das würde Sie sowieso nur langweilen. Sie sind schließlich nicht der Typ, der sich in fremde Angelegenheiten einmischt.«
»Also, so was!« Die Frau schnappte nach Luft.
Die drei !!! verabschiedeten sich schnell und liefen die Treppe hinunter. Vor dem Haus prustete Franzi los.
»Der hast du's aber gegeben, Kim!« Franzi kriegte sich gar nicht mehr ein vor Lachen. »Habt ihr ihr Gesicht gesehen?«
Marie grinste. »Das war wirklich unbezahlbar.«
»Geschieht ihr ganz recht!« Kim schüttelte ärgerlich den Kopf. »Diese Lockenwickler-Tante lässt sich mit einer Schachtel Pralinen bestechen und nimmt seelenruhig Pakete für einen Toten entgegen, ohne sich darüber Gedanken zu machen. Das ist doch unglaublich!«
»Allerdings.« Franzi streifte sich ihre Handschuhe über. »Und was machen wir jetzt?«
Kim sah auf die Uhr. »Wir haben noch eine Stunde Zeit bis zum Abendessen. Ich schlage vor, wir überwachen das Haus. Vielleicht haben wir ja Glück und die Betrügerin taucht auf.«
»Und wenn nicht?«, fragte Franzi.
»Dann kommen wir eben morgen wieder.« Grimmig schlang sich Kim ihren Wollschal fester um den Hals. »Wir schnappen uns diese fiesen Betrüger – und wenn wir dabei zu Eiszapfen werden!«

Vierzig Minuten später war es fast so weit. Kims Finger waren trotz dicker Handschuhe beinahe abgefroren, in den Füßen hatte sie kein Gefühl mehr und ihre Nasenspitze

schien nicht zu ihrem Körper zu gehören. Die Verwandlung in einen Eiszapfen war so gut wie abgeschlossen.
Neben ihr bibberte Franzi leise vor sich hin, während sie vorsichtig über die Mülltonnen lugte, hinter denen sich die Detektivinnen verschanzt hatten. »Alles ruhig«, stellte sie fest. »Es ist weit und breit niemand zu sehen.«
»Kein Wunder«, murmelte Kim. »Außer uns ist bei dieser Kälte kein Mensch so bescheuert, sich draußen herumzutreiben.« Sie rubbelte sich mit beiden Händen über die Arme, aber das brachte überhaupt nichts. Sehnsüchtig sah sie zu den erleuchteten Fenstern des Hauses empor, hinter denen die Bewohner wahrscheinlich gerade Abendessen kochten oder in eine Wolldecke gekuschelt vor dem Fernseher saßen. Wie gerne hätte sie jetzt auch in ihrem gemütlichen Zimmer gesessen und sich die Füße an der Heizung gewärmt!
In diesem Moment öffnete sich quietschend die Tür von Haus Nummer 52a und die drei !!! duckten sich schnell. Aber es war nur eine Hausbewohnerin, die ihren Müll rausbrachte. Ein äußerst unangenehmer Geruch nach vollen Windeln hüllte die Detektivinnen ein, als die Frau die Tonne öffnete und ihren prallvollen Müllbeutel hineinwarf. Kim wurde beinahe schlecht und sie zog sich schnell ihren Schal über Mund und Nase. Klackernde Schritte ertönten, die Tür quietschte noch einmal und die Frau war verschwunden.
»Das hat ja ekelhaft gestunken!« Franzi schüttelte sich.
Marie grinste. »Jetzt weißt du, warum ich das Wickeln lieber Tessa überlasse.«
»Schluss für heute!«, sagte Kim. »Ich muss nach Hause und mich auftauen. Wir kommen morgen wieder.«

Sie versuchte gerade, ihre steifen Beine durchzustrecken, da wedelte Franzi plötzlich hektisch mit der Hand und zischte: »Pssst!«

Kim hielt mitten in der Bewegung inne und lauschte. Es waren wieder Schritte zu hören! Doch diesmal kamen sie von der Straße und hielten vor dem Haus an. In halb gebückter Haltung blickte Kim an den Mülltonnen vorbei. Eine Frau in hellem Mantel und hohen Stiefeln stand vor dem Eingang und klingelte. Kim konnte sie nur von hinten sehen. Sie hatte dunkle, halblange Haare, trug eine grüne Strickmütze mit großem Bommel auf dem Kopf und hatte sich einen farblich dazu passenden Schal lässig über die Schulter geworfen.

Es knackte und eine blecherne Stimme ertönte aus der Sprechanlage. »Ja, bitte?«

»Frau Kleinschmidt? Ich bin's! Ich wollte nur schnell fragen, ob noch ein Paket für meinen Onkel gekommen ist.« Die Frau hatte eine angenehme Stimme und klang sehr höflich.

Kims Herz machte einen Satz. Das musste die Betrügerin sein! Am liebsten hätte sie sich die Frau sofort geschnappt, doch sie hielt sich zurück. Erst mussten sie genügend Beweise gegen sie in der Hand haben.

»Kein Paket, aber ein Päckchen«, antwortete die Nachbarin. »So langsam muss das mal ein Ende haben, ich bin schließlich keine Poststation.«

»Natürlich nicht!« Die Frau blieb gleichbleibend höflich. »Entschuldigen Sie bitte die Umstände. Ich habe Ihnen als kleines Dankeschön auch wieder etwas mitgebracht.« Sie zog ein flaches, quadratisches Päckchen aus ihrer Umhängetasche, das Kim unschwer als Pralinenschachtel identifizierte.

Doch diesmal ließ sich die Nachbarin nicht so leicht besänftigen. »Außerdem sind heute drei Mädchen aufgetaucht und haben sich nach Ihrem Onkel erkundigt. Das geht wirklich zu weit! Ich habe keine Zeit für neugierige Fragen.«
Die Frau stutzte. »Was für Mädchen?«
»Irgendwelche Schülerinnen, die gefragt haben, ob die Wohnung schon lange leer steht und ob ich manchmal Pakete für Ihren Onkel annehme.« Frau Kleinschmidt klang ziemlich ungehalten. »Zum Schluss ist die eine auch noch frech geworden. Sind das etwa Verwandte von Ihnen?«
»Nein, nein, sicher nicht.« Die Frau drehte sich um und ließ ihren Blick aufmerksam über die Straße gleiten. Kim konnte sich gerade noch rechtzeitig ducken. Dann schnarrte der Türöffner und die Betrügerin verschwand im Haus.
Kim atmete auf. Das war gerade noch mal gut gegangen!
»Das ist sie!«, flüsterte Franzi aufgeregt.
Marie nickte. »Ist euch was aufgefallen? Auf die Frau passt die Beschreibung, die uns Frau Lockmann gegeben hat. Sie ist klein, zierlich und hat dunkle, halblange Haare. Sie könnte die Fahrerin des Unfallwagens sein!«
»Das ist unsere Chance!« In Kims Kopf fuhren die Gedanken Karussell. Sie hatten also tatsächlich goldrichtig mit ihrer Vermutung gelegen! Es war ein und dieselbe Person, die für den Unfall mit Fahrerflucht und die im Internet bestellten Waren verantwortlich war. »Wir müssen die Frau beschatten. Sobald sie aus dem Haus kommt, heften wir uns an ihre Fersen. Wir dürfen sie auf keinen Fall aus den Augen verlieren! Ich muss nur schnell zu Hause Bescheid sagen, dass es später wird.«

Hastig tippte Kim eine SMS an ihre Mutter. Das würde nachher bestimmt noch Ärger geben, aber das Risiko musste Kim eingehen. Die Ermittlungen waren jetzt einfach wichtiger. Schließlich waren sie kurz davor, den Fall zu lösen!
Auch Franzi und Marie informierten ihre Eltern.
»So, das wäre erledigt.« Kim steckte ihr Handy weg.
»Achtung!«, zischte Marie. »Sie kommt!«
Die Detektivinnen zogen die Köpfe ein, als die Verdächtige aus dem Haus trat. Sie stopfte einen länglichen Karton in ihre Umhängetasche und sah sich wieder aufmerksam um. Kim fluchte innerlich. Diese blöde Nachbarin! Warum hatte sie nicht ihren Mund halten können? Jetzt wusste die Betrügerin, dass jemand hinter ihr her war. Was es nicht gerade einfacher machen würde, sie zu beschatten.
Die Frau kontrollierte schnell noch den Briefkasten mit Stefans Namen. Sie nahm mehrere Briefe heraus, ging sie eilig durch und warf sie in die Altpapiertonne. Kim hielt den Atem an. Die Betrügerin war jetzt so nah, dass Kim nur den Arm hätte ausstrecken müssen, um sie zu berühren. Sie konnte ihr Parfüm riechen, das leicht nach Rosen duftete. Dann wandte sich die Frau ab und lief mit klappernden Absätzen die Straße hinunter. Kaum war sie hinter der nächsten Ecke verschwunden, sprangen die drei !!! aus ihrem Versteck. Kim griff schnell in die randvolle Altpapiertonne und zog die Briefe heraus, die die Betrügerin entsorgt hatte. Dann spurteten sie los.
Die Detektivinnen mussten extrem vorsichtig sein, um nicht entdeckt zu werden. Die Frau drehte sich immer wieder um. Sie hatte ganz offensichtlich Verdacht geschöpft. Die drei !!!

folgten ihr in Richtung Innenstadt. Hier wurden die Straßen belebter und es war leichter, zwischen den Passanten unterzutauchen.
»Wo will sie hin?«, murmelte Franzi.
Kim zuckte mit den Schultern. »Vielleicht geht sie nach Hause.«
»Vorsicht!«, zischte Marie. »Sie wird langsamer.«
Die drei !!! sprangen in einen Hauseingang. Kim sah vorsichtig um die Ecke. Die Verdächtige war vor einem Café stehen geblieben. Sie blickte prüfend nach rechts und links, bevor sie das Gebäude betrat.
»Hinterher!« Franzi sprang aus dem Versteck und stürmte los.

Ein riskanter Plan

Das Café gehörte zu einer großen Restaurant-Kette und war nicht besonders gemütlich, aber trotzdem gut besucht. An den Tischen, die zwischen geschmacklosen Plastikpalmen standen, saßen eine Menge Leute, die den Freitagabend mit einem Cocktail oder einer exotischen Fruchtschorle einläuteten. Aus den Boxen an der Decke drang kubanische Musik. Die Wände waren mit Fotos von Che Guevara dekoriert, auf den Fensterbänken standen Kakteen aller Größen und die Angestellten trugen Strohhüte.

Die drei !!! schlängelten sich zwischen den Tischen hindurch in den hinteren Teil des Cafés. Hier war es etwas ruhiger. Kim entdeckte die verdächtige Frau an einem Fenstertisch, zusammen mit einem Mann, der offensichtlich schon auf sie gewartet hatte. Sie zog gerade ihren Mantel aus und winkte der Bedienung.

Die Detektivinnen schlenderten zum Nachbartisch hinüber, scheinbar ohne das Paar zu beachten.

»Was für ein Glück, dass noch was frei ist«, sagte Marie laut. »Ich sag's euch, die Fruchtcocktails hier sind super! Genau das Richtige für unseren Mädelsabend.«

Der Mann sah kurz zu den drei !!! hinüber, dann wandte er sich wieder der Frau zu. Kim musterte ihn verstohlen. Er war sehr groß und schlank, hatte kurz geschnittene, rötlich braune Haare, hellblaue Augen und einen Dreitagebart. Über seinem Stuhl hing eine dunkelbraune Lederjacke. Kims Herz begann, schneller zu klopfen. Das musste der Mann sein, der

den Unfallwagen auf Stefans Namen gemietet hatte! Die Personenbeschreibung von Theresa Börne passte hundertprozentig. Kim schnalzte leise mit der Zunge, als ihr etwas klar wurde. Sie waren keinem Einzeltäter, sondern einem Betrügerpärchen auf der Spur!
Während sich die drei !!! an einem Tisch neben einer besonders großen Palme niederließen, bestellte die Frau einen Milchkaffee.
»Wurde auch Zeit, dass du endlich auftauchst, Debby.« Der Mann spielte nervös mit einem Bierdeckel herum. »Ich dachte schon, du wärst aufgeflogen.«
»Unsinn.« Debbys Lippen kräuselten sich zu einem spöttischen Lächeln. »Ich lasse mich nicht so leicht erwischen, das weißt du doch, Rob.«
»Ist alles glattgegangen?«
Debby nickte. »Natürlich. Die Alte hat mich wieder ewig vollgequatscht, darum hat es etwas länger gedauert. Ich glaube, sie wird allmählich misstrauisch. Hat gefragt, warum immer noch so viele Pakete für meinen toten Onkel kommen. Außerdem hat sie was von irgendwelchen Kids gefaselt, die sich angeblich nach der Wohnung erkundigt haben. Klang ziemlich merkwürdig.« Debby strich sich eine dunkle Haarsträhne hinter das Ohr.
»Höchste Zeit für einen Ortswechsel.« Rob griff nach einer Zigarettenschachtel, die vor ihm auf dem Tisch lag. Gedankenverloren öffnete er sie und schloss sie wieder. »Allmählich wird es mir hier in der Stadt zu heiß. Vor allem nach dieser dämlichen Geschichte mit dem Unfall. Warum konntest du nicht besser aufpassen?«

»Ach, jetzt ist es also meine Schuld!« Debbys Augen blitzten ärgerlich. »Wenn du an dem Abend nicht so viel Wein getrunken hättest, hättest du ja selbst fahren können! Aber nein, der Herr brauchte ja einen Chauffeur. Was kann ich dafür, dass die Straße spiegelglatt war?«
Rob winkte ab. »Ist ja auch egal. Bald sind wir über alle Berge, dann kann uns nichts mehr passieren.«
Eine Kellnerin brachte Debbys Milchkaffee. Danach trat sie an den Tisch der drei !!! und Marie bestellte drei Fruchtcocktails. Kim betrachtete währenddessen unauffällig die Zigarettenpackung, an der Rob immer noch herumnestelte. Vorne drauf prangte in großen roten Buchstaben das Logo *JET SET*. Kim lächelte zufrieden. Dieselbe Marke wie bei dem Stummel am Unfallort! Endlich passte alles zusammen. Rob hatte den Wagen gemietet und Debby hinter dem Steuer gesessen. Nachdem sie Frau Lockmann angefahren hatte, war Debby in Panik geraten und abgehauen, ohne sich um die verletzte Frau zu kümmern.
Debby zog etwas aus ihrer Umhängetasche. »Bevor wir uns aus dem Staub machen, verwandeln wir dieses nette kleine Spielzeug aber noch in Bares.« Sie legte das Päckchen auf den Tisch, das sie bei Frau Kleinschmidt abgeholt hatte.
Rob riss es auf und zog ein glänzendes Tablet heraus. Während er es betrachtete, schien er seine Nervosität für einen Moment zu vergessen. Ein Lächeln huschte über sein Gesicht. »Ein tolles Teil! Das Neueste vom Neuesten. Dafür kriegen wir bestimmt eine hübsche Summe.«
Debby nippte an ihrem Milchkaffee. »Ich habe auch bereits eine Interessentin.«

Rob zog die Augenbrauen hoch. »Hast du das Tablet etwa schon im Internet angeboten?«
Debby schüttelte den Kopf. »Diesmal können wir uns die Auktion im Netz sparen. Eine Bekannte von mir will das Teil haben.«
»Was für eine Bekannte?« Misstrauen blitzte in Robs Augen auf, während er das Tablet vorsichtig auf den Tisch legte.
Debby winkte ab. »Kennst du nicht. Sie heißt Karina. Wir sind beim Friseur ins Gespräch gekommen. Sie hat sich dort die Haare knallrot färben lassen. Sieht echt irre aus! Als sie erwähnt hat, dass sie sich ein neues Tablet zulegen will, hab ich angeboten, ihr eins zu besorgen.«
Rob runzelte die Stirn. »Ist sie nicht misstrauisch geworden?«
»Überhaupt nicht.« Debby grinste. »Du weißt doch, wie seriös ich wirken kann. Sie war mir total dankbar, weil sie sich überhaupt nicht mit Computern auskennt und von der großen Auswahl an neuen Geräten völlig überfordert ist.«
»Umso besser.« Rob entspannte sich wieder. »Dann können wir ihr wenigstens ordentlich Geld abknöpfen.«
Debby sah auf die Uhr. »Sie müsste gleich hier sein. Wir wickeln den Deal ab und dann nichts wie weg.«
Kim hatte so gebannt zugehört, dass sie erschreckt zusammenzuckte, als ein Handy klingelte.
Franzi stieß sie in die Seite. »Das ist deins!«
Hastig nahm Kim das Gespräch entgegen, ohne auf das Display zu schauen. Ausgerechnet jetzt! Hoffentlich war es nicht ihre Mutter, die ihr wegen des verpassten Abendessens eine Standpauke am Telefon halten wollte …
»Hallo?«, fragte Kim vorsichtig.

»Kim! Wo steckst du?«
Kim atmete auf. Es war nicht ihre Mutter. »Hey, Michi!«, sagte sie erleichtert. »Was ist los?«
»Dasselbe könnte ich dich fragen! Ich stehe mir hier vor dem Kino die Beine in den Bauch. Gleich fängt der Film an. Wann kommst du?«
Kim wurde heiß vor Schreck. Mist! Das Date mit Michi hatte sie total vergessen. »Äh … hör mal, Michi … ich fürchte, das wird heute nichts …«, stammelte sie, aber Michi ließ sie nicht ausreden.
»Das ist jetzt nicht dein Ernst, oder? Ich warte hier mit einer XXL-Portion Popcorn, Gummibärchen und einer Tafel Schokolade – und du willst mich versetzen?«
Kim biss sich auf die Unterlippe. »Tut mir wirklich leid, aber ich bin gerade ziemlich im Stress und …«
Michi fiel ihr wieder ins Wort. »Komm mir nicht wieder mit deiner Kurzgeschichte! Die kannst du am Wochenende immer noch überarbeiten.«
»Nein, das ist es nicht.« Kim warf einen schnellen Blick zum Nachbartisch hinüber. »Es geht um etwas anderes. Ich kann jetzt nicht darüber reden. Ich erklär's dir morgen, okay?«
»Irgendwie kommt es mir so vor, als wäre dir alles andere wichtiger als ich.« Michi klang plötzlich bitter.
»Nein!« Kim senkte die Stimme. »Das stimmt nicht, Michi. Aber wir sind gerade kurz davor, unseren Fall zu lösen und …«
»Ja, ja, schon klar. Da will ich natürlich nicht stören.« Michi war jetzt eindeutig beleidigt. »Ich muss Schluss machen, der Film fängt an. Vielleicht finde ich ja jemand anderen, der

sich das Popcorn mit mir teilt.« Nach diesem kleinen Seitenhieb legte er auf.
Kim hätte ihr Handy am liebsten quer durch das Café geschleudert. So was Blödes! Warum hatte sie nicht daran gedacht, Michi rechtzeitig abzusagen? Dann wäre er vielleicht nicht ganz so sauer gewesen …
»Probleme?«, fragte Franzi leise.
Kim steckte das Handy weg. »Ich hab Michi versetzt. Er hat mit Popcorn und Süßigkeiten vor dem Kino auf mich gewartet.«
»Autsch!« Franzi verzog das Gesicht, als hätte sie Zahnschmerzen.
Kim atmete tief durch. Sie durfte sich jetzt nicht von ihren privaten Schwierigkeiten ablenken lassen. Sie musste sich auf die Ermittlungen konzentrieren. Das mit Michi würde sich bestimmt wieder einrenken. Hoffentlich …
Am Nebentisch begutachtete Rob ausgiebig das Tablet, während Debby immer wieder auf die Uhr sah.
»Wo bleibt sie nur?« Sie runzelte die Stirn. »Ich hab keine Lust, den ganzen Abend hier herumzusitzen.«
Marie beugte sich zu Kim und Franzi hinüber und flüsterte: »Ich hab eine Idee, wie wir die beiden überführen können. Macht jetzt einfach, was ich sage!« Laut verkündete sie: »Ich geh mal schnell auf die Toilette und pudere mir die Nase. Kommt ihr mit?« Marie erhob sich und griff nach ihrer Handtasche.
Franzi schaltete sofort. »Klar! Leihst du mir deine Mascara?«
»Kein Problem!«, sagte Marie großzügig.
Kim unterdrückte ein Kichern. Dafür, dass Franzi sich fast

nie schminkte, spielte sie ihre Rolle sehr überzeugend. Kim folgte ihren Freundinnen in Richtung WC und sah sich dabei verstohlen um. Debby und Rob hatten nicht einmal aufgeblickt, sie schienen keinen Verdacht geschöpft zu haben.
Kurz vor den Toiletten bog Marie zum Ausgang ab. Die Detektivinnen verließen das Café und blieben vor der Tür stehen.
»Was war denn das für ein Abgang?« Franzi schlang fröstelnd die Arme um den Oberkörper. »Wir hätten wenigstens unsere Jacken mitnehmen können.«
»Das wäre viel zu auffällig gewesen.« Marie sah sich schnell um, bevor sie weitersprach. »Ich hab den perfekten Plan. Aber wir müssen uns beeilen, sonst klappt es nicht. Also, hört zu!«

Fünf Minuten später klapperte Kim laut mit den Zähnen. Franzi hüpfte von einem Bein aufs andere und Marie zog sich die Ärmel ihres Wollkleides über die Hände.
»Vielleicht kommt sie gar nicht mehr«, sagte Franzi bibbernd. »Dann holen wir uns hier draußen ganz umsonst eine Lungenentzündung.«
In diesem Moment marschierte eine junge Frau mit schnellen Schritten auf das Café zu. Sie schien es eilig zu haben. Ihr langer Schal war nachlässig um den Hals geschlungen und wehte wie eine Fahne hinter ihr her. Bevor sie das Café betrat, zog sie sich die Mütze vom Kopf. Darunter kam ein akkurat geschnittener, knallroter Bob zum Vorschein.
Kim sog scharf die Luft ein und zischte: »Das muss sie sein!«

»It's Showtime!«, raunte Marie. Lächelnd ging sie auf die Frau zu. »Hallo, du musst Karina sein!«
Die Frau sah Marie verdutzt an. »Allerdings. Und wer bist du?«
»Ich bin eine Freundin von Debby«, behauptete Marie selbstsicher. »Sie hat mich gebeten, hier auf dich zu warten, um dir etwas auszurichten.«
»Warum denn?« Karina runzelte die Stirn. »Eigentlich wollten wir uns jetzt hier treffen.«
»Debby musste leider los, eine dringende Familienangelegenheit.« Marie zuckte bedauernd mit den Schultern. »Ich soll dir sagen, dass das Tablet schon weg ist.«
»Was?« Karina riss die Augen auf. »Aber sie hatte es mir doch fest versprochen! Ich war gerade extra bei der Bank und hab das Geld abgehoben, weil sie es doch unbedingt in bar haben wollte.«
»Wie gesagt, Debby konnte nicht mehr warten und es gab noch einen anderen Interessenten.« Marie lächelte aufmunternd. »Warum gehst du morgen nicht einfach in ein Fachgeschäft und lässt dich beraten? Dort bekommst du auch ein gutes Gerät.«
»Okay, wenn du meinst …« Verwirrt zog sich Karina ihre Mütze wieder über die roten Haare. »Sag Debby schöne Grüße von mir. Vielleicht sieht man sich ja mal wieder.«
»Ja, vielleicht.« Marie ließ sich nicht anmerken, dass sie nicht wirklich daran glaubte. »Tschüss und einen schönen Abend noch!«
Karina verabschiedete sich und ging davon.
Marie rieb sich zufrieden die Hände. »Das wäre erledigt!«

»Gut gemacht!« Franzi klopfte ihr auf die Schulter. »Jetzt beginnt Phase zwei des Plans.«
»Leihst du mir dein Tuch?« Marie deutete auf Kims Hals.
»Klar.« Kim nahm ihr marineblaues Tuch ab und reichte es Marie.
Marie schlang es sich kunstvoll um den Kopf, sodass ihre blonden Haare fast komplett darunter verschwanden.
»Und deine Strickjacke, bitte.« Sie streckte Franzi den Arm entgegen.
»Muss das sein?«, fragte Franzi. »Mir ist so schon kalt genug.«
»Stell dich nicht so an«, erwiderte Marie ungerührt. »Oder willst du etwa, dass die Betrüger mich erkennen? Wenn sie mich als eins der Mädchen vom Nebentisch identifizieren, können wir unseren Plan vergessen.«
»Na gut, von mir aus.« Seufzend zog Franzi ihre grün gemusterte Wolljacke aus.
Marie schlüpfte hinein und knotete den Gürtel fest. Dann holte sie einen kleinen Spiegel und einen Lippenstift aus ihrer Handtasche und zog sich die Lippen korallenrot nach. Ein wenig Rouge und schwarze Wimperntusche vervollständigten ihr Make-up. Marie lächelte zufrieden und klappte den Spiegel wieder zu. »Wie sehe ich aus?«
»Total verändert!« Kim schüttelte staunend den Kopf. »Die werden dich nie im Leben erkennen.«
»Ja, manchmal braucht man gar nicht viel für eine perfekte Maskerade.« Marie drückte Kim ihre Handtasche in die Hand und zwinkerte ihren Freundinnen zu. »Alles wie besprochen. Wünscht mir Glück!«

»Viel Glück!«, sagten Kim und Franzi wie aus einem Mund.
Kim sah Marie nach, während diese hoch erhobenen Hauptes in das Café stolzierte. Sie wirkte so unnahbar wie ein Filmstar. Unglaublich, wie schnell Marie in eine neue Rolle schlüpfen konnte. Sie war wirklich die geborene Schauspielerin.
Franzi runzelte die Stirn. »Hoffentlich übertreibt sie nicht wieder so.«
»Marie schafft das schon«, sagte Kim zuversichtlich.
Franzi schien sich da nicht so sicher zu sein. Sie zog fröstelnd die Schultern hoch und murmelte: »Wenn das mal gut geht …«

Marie undercover

Kim und Franzi gaben Marie einen kurzen Vorsprung, dann gingen sie ebenfalls zurück ins Café. Das Stimmengewirr der Gäste war noch etwas lauter geworden. Kein Wunder, soeben hatte die Happy Hour begonnen. Die Detektivinnen kehrten zu ihrem Tisch zurück, auf dem bereits drei Fruchtcocktails in exotischen Farben auf sie warteten.
»Schau mal, unsere Getränke sind gekommen«, sagte Franzi laut.
»Super! Ich bin schon halb verdurstet.« Kim ließ sich auf ihren Stuhl fallen und tat so, als könne sie es kaum erwarten, endlich einen Schluck zu trinken. Während sie sich den grasgrünen Strohhalm zwischen die Lippen schob, warf sie einen schnellen Blick zum Nachbartisch hinüber, an dem Marie in der Zwischenzeit Platz genommen hatte.
»Und warum konnte Karina nicht persönlich kommen?«, fragte Rob gerade.
»Sie ist leider kurzfristig krank geworden«, erklärte Marie. »Ein ganz blöder Magen-Darm-Virus. Deshalb hat sie mich geschickt. Schließlich will sie dieses Tablet unbedingt haben.«
»Dafür, dass ihr Schwestern seid, seht ihr euch aber nicht besonders ähnlich.« Debby musterte Marie aufmerksam.
Kim saugte nervös an ihrem Strohhalm. Rob und Debby schienen Marie ihre Rolle als Karinas Schwester noch nicht ganz abzukaufen. Ob Marie es schaffen würde, sie zu überzeugen? Oder würde sie auffliegen?

Marie ließ sich nicht aus der Ruhe bringen. Sie schlug elegant die Beine übereinander und lächelte nachsichtig. »Ich komme nach unserem Vater, Karina nach unserer Mutter. Von ihr hat sie auch den Tick, sich ständig die Haare in einer anderen Farbe zu färben. Was sagst du zu dem Knallrot, das sie neuerdings trägt? Ist das nicht super?«
»Ja, Rot steht ihr wirklich gut.« Debby lehnte sich zurück. Sie wirkte jetzt nicht mehr so skeptisch.
»Ihr habt euch beim Friseur kennengelernt, stimmt's?«, fuhr Marie fort. »Karina hat mir davon erzählt. Sie fand dich gleich sympathisch.«
Debby lächelte geschmeichelt. »Nett von ihr. Und sie hat immer noch Interesse an dem Tablet?«
Marie nickte. »Und ob! Sie ist schon ganz aufgeregt.« Sie zeigte auf das Tablet, das neben Robs Platz lag. »Ist es das?«
»Allerdings.« Debby schob ihr das Gerät rüber. »Schau es dir in aller Ruhe an.«
»Kennst du dich mit Tablets aus?«, fragte Rob.
»Nein, überhaupt nicht.« Marie tat so, als würde sie zum ersten Mal solch ein Gerät in der Hand halten. Dabei hatte sie zu Hause ein superschickes iPad, mit dem sie sich perfekt auskannte. »Wo geht das denn an?«
»Ich zeig's dir.« Während Rob das Netzteil einstöpselte und das Tablet einschaltete, wechselte er einen schnellen Blick mit Debby. Kim konnte sich denken, was die beiden Betrüger vorhatten. Sie würden bestimmt versuchen, ihre angeblich ahnungslose Käuferin über den Tisch zu ziehen.
»Wow!« Marie probierte verschiedene Funktionen aus. »Nicht schlecht. Was soll das Teil denn kosten?«

»Wir machen dir einen Freundschaftspreis.« Debby lächelte. »Eintausend Euro.«
Marie riss die Augen auf. »Ist das nicht etwas viel?«
»Überhaupt nicht«, behauptete Rob, ohne mit der Wimper zu zucken. »Dieses Gerät ist das allerneuste Modell. Im Laden bezahlst du dafür locker ein Drittel mehr.«
Kim konnte nicht umhin, Robs Dreistigkeit zu bewundern. Er log wie gedruckt und brachte seine Lügen auch noch völlig glaubwürdig rüber. Kim kannte sich gut mit Computern aus und wusste, dass dieses Tablet höchstens die Hälfte wert war. Offenbar wollten die beiden Betrüger Marie so richtig abzocken, bevor sie auf Nimmerwiedersehen aus der Stadt verschwanden. Aber das würde ihnen nicht gelingen!
»Ach so.« Marie nickte, als hätten Robs Worte sie vollkommen überzeugt. »Und wie kommt es, dass ihr mir das Tablet so günstig anbieten könnt?«
»Wir haben enge Beziehungen zu einem Technik-Großhandel«, erklärte Debby. »Da wir dort regelmäßig Waren beziehen, bekommen wir besonders gute Konditionen.«
»Toll!« Maries Blick war voller Bewunderung. »Da hat Karina ja wirklich Glück gehabt, dass ihr euch beim Friseur über den Weg gelaufen seid. Könnt ihr auch andere Geräte besorgen? Ich will mir demnächst vielleicht einen neuen PC zulegen und mein Freund schaut sich gerade nach einem Flachbildfernseher um.«
»Kein Problem!« Rob grinste großspurig. Offenbar witterte er ein größeres Geschäft. »Wir können dir alles besorgen, was du willst. Und zwar zu supergünstigen Preisen. Da kann kein normales Sonderangebot mithalten.«

Kim hatte genug gehört. Auch Franzi rutschte unruhig auf ihrem Stuhl hin und her. Es wurde Zeit, die kleine Komödie zu beenden und Klartext mit den Betrügern zu reden.
Kim erhob sich und ging zum Nachbartisch. »Kann es sein, dass ihr eure tollen Schnäppchen nur so günstig anbieten könnt, weil ihr sie unter falschem Namen im Internet bestellt, ohne zu bezahlen?«, fragte sie zuckersüß.
Robs Gesichtszüge entgleisten kurz, aber er hatte sich schnell wieder im Griff. »Was soll das? Lass uns in Ruhe, wir sind gerade in einer wichtigen Besprechung.«
»Ich glaube, unsere Besprechung ist zu Ende.« Marie zog sich das Tuch vom Kopf und schüttelte ihre langen Haare aus.
»Gestatten? Die drei !!!« Franzi knallte eine Visitenkarte auf den Tisch, direkt neben das Tablet. »Wir sind Detektivinnen und wissen genau, was ihr im Schilde führt.«
»Ach ja?« Debby zog eine Augenbraue hoch. Sie blieb ganz ruhig. Noch. »Und das wäre?«
»Ihr missbraucht die Identität unschuldiger Menschen, um auf ihren Namen im Internet oder bei Versandhäusern teure Waren zu bestellen«, erklärte Marie. »Ohne zu bezahlen natürlich. Diese Waren verkauft ihr dann für viel Geld weiter.«
»Ein lukratives Geschäft«, sagte Kim. »Zumindest, solange man nicht auffliegt.«
»Das sind völlig haltlose Beschuldigungen.« Rob steckte das Tablet zurück in das Päckchen. »Das müssen wir uns nicht länger anhören, Debby. Wir gehen!«
»Hiergeblieben!« Franzi stemmte die Hände in die Hüften. »Ihr seid ganz miese Betrüger. Diesmal habt ihr euch mit

den Falschen angelegt. Die Polizei wird sich sicher sehr für eure merkwürdigen Geschäftspraktiken interessieren.«

»Unsinn!« Debby schüttelte den Kopf, aber in ihren Augen blitzte für den Bruchteil einer Sekunde Panik auf. »Ihr seid ja völlig verrückt.«

»Ach ja?« Kim zeigte auf das Päckchen mit dem Tablet. »Und was steht da für ein Name? Stefan Winkler!«

»Genau. Das bin ich.« Seelenruhig zog Rob einen Ausweis hervor und hielt ihn den Detektivinnen unter die Nase. »Und jetzt zischt ab, ehe ich richtig sauer werde.«

Kim blieb vor Überraschung fast die Luft weg. Es war Stefans Ausweis, den Rob in der Hand hielt! Da die beiden eine gewisse Ähnlichkeit hatten, fiel das auf den ersten Blick gar nicht auf.

»Du bist nicht Stefan Winkler«, sagte Franzi mit eisiger Stimme.

Rob zog die Augenbrauen hoch. »Ach nein? Und wie willst du mir das Gegenteil beweisen?«

»Ganz einfach: Stefan Winkler ist mein Bruder!« Franzi griff nach dem Ausweis. »Und dies ist sein Ausweis.«

Damit hatten die Betrüger nicht gerechnet. Debby wurde blass und Rob stammelte: »D...d...dein Bruder? Aber ... d...das kann doch gar nicht sein!«

Debby zuckte, als wollte sie aufspringen, und Kim legte ihr schnell die Hand auf die Schulter.

»Flucht ist zwecklos. Wir kriegen euch sowieso.« Sie nickte zu Franzi hinüber. »Meine Freundin ist die beste Läuferin der Stadt. Wenn sie wütend ist, rennt sie sogar noch schneller als sonst. Und auf euch beide hat sie eine Mordswut, denn ihr habt ihrem Bruder eine Menge Ärger eingebrockt.«

»Allerdings!« Franzi wedelte mit dem Ausweis in der Luft herum. »Wo habt ihr den her?«

Rob und Debby schwiegen.

»Packt endlich aus«, riet Marie, »bevor Franzi richtig austickt.«

Rob seufzte. »Ich hab den Ausweis gefunden.«

»Ich glaube eher, du hast ihn Stefan geklaut«, sagte Kim. »Auf der Studentenparty, stimmt's?«

Jetzt knickte Rob völlig ein. »Stimmt.«

»Halt den Mund, Rob!«, zischte Debby.

»Wieso?« Rob fuhr sich mit der Hand über das Gesicht. »Wir sind aufgeflogen, ob es dir gefällt oder nicht.«

»Ihr habt unter Stefans Namen eine Menge Sachen bestellt und weiterverkauft, richtig?« Franzi steckte den Ausweis ihres Bruders ein. »Und die Ware habt ihr an die Adresse der leer stehenden Wohnung liefern lassen, wo Frau Kleinschmidt sie gutgläubig angenommen hat.«

Debby schnaubte verächtlich. »Von wegen gutgläubig! Die alte Schreckschraube hat garantiert geahnt, dass etwas nicht stimmt. Aber die Pralinen hat sie trotzdem gerne genommen. Genauso wie die kleinen Geldscheine, die ich ihr hin und wieder zugesteckt habe.«

»Wie seid ihr auf die Wohnung gekommen?«, fragte Kim.

»Das war nicht schwer.« Rob spielte schon wieder mit seiner Zigarettenschachtel herum, offenbar ein Tick von ihm. »Man braucht nur regelmäßig die Todesanzeigen zu lesen, wenn man wissen will, wo eine Wohnung leer steht.«

»Pfui!« Franzi verzog angewidert das Gesicht. »Aus dem Unglück anderer Kapital schlagen, das ist echt ekelhaft!«
»Ihr konntet den Hals offenbar nicht vollkriegen.« Kim zog die Briefe heraus, die sie aus der Altpapiertonne gefischt hatte. Sie öffnete einen nach dem anderen und ließ die Blätter auf den Tisch segeln. »Lauter Mahnungen an Herrn Stefan Winkler von verschiedenen Versandhäusern. Stereoanlagen, Schmuck, Tablet-PCs, Uhren …«
»Und alles, ohne dass Stefan die geringste Ahnung davon hatte.« Franzi seufzte. »Bis die Geldeintreiber vom Inkassobüro vor seiner Tür standen.«
»Aber das Schlimmste war der Unfall mit dem Mietwagen«, stellte Marie klar. »Warum habt ihr der armen Frau Lockmann nicht geholfen?«
Debbys coole Fassade begann zu bröckeln. Sie zwinkerte nervös und bekam hektische Flecken im Gesicht. »Aber das haben wir doch! Wir haben im übernächsten Dorf von einer Telefonzelle aus anonym einen Krankenwagen gerufen.«
»Wie heldenhaft«, spottete Franzi. »Ihr hättet euch um die verletzte Frau kümmern und bei ihr bleiben müssen, bis der Notarzt da ist. Das war ganz feige Fahrerflucht. Und die habt ihr auch noch meinem Bruder in die Schuhe geschoben!«
Debbys Augen glänzten verdächtig. Die Sache mit dem Unfall schien ihr ziemlich nahezugehen. Also hatte sie doch so etwas wie ein Gewissen. »Wir konnten nicht bleiben! Dann wären wir doch sofort ins Gefängnis gewandert. Das Risiko war einfach zu hoch.«
»Ganz schön egoistisch«, stellte Kim fest. »Gib's zu, die arme

Frau war euch völlig egal! Ihr habt nur an euch und euren Vorteil gedacht.«

»Das stimmt nicht!« Debby schluchzte auf. »Ich hab am nächsten Tag sogar im Krankenhaus angerufen, um den Namen der Frau herauszubekommen und mich nach ihr zu erkundigen. Aber die Schwester wollte mir keine Auskunft erteilen. Wie geht es ihr? Wird sie wieder gesund?«

»Frau Lockmann hat wahnsinniges Glück gehabt«, sagte Marie. »Sie schwebt nicht mehr in Lebensgefahr und ist auf dem Weg der Besserung.«

»Gott sei Dank!« Debby stieß einen tiefen Seufzer aus. Sie sah sehr erleichtert aus und wirkte nun längst nicht mehr so abgebrüht.

»Eins würde mich noch interessieren.« Kim sah Rob nachdenklich an. »Wie hast du es geschafft, das Auto ohne Führerschein zu mieten?«

Rob grinste schief. »Das war ganz leicht. Ich hab einfach meinen Charme spielen lassen. Ich glaube, die Angestellte mochte mich. Jedenfalls hat sie mir sofort geglaubt, dass ich meinen Führerschein *leider* vergessen habe. Nach einigem Hin und Her war sie bereit, mir den Wagen auch ohne Fahrerlaubnis zu überlassen – nur ausnahmsweise natürlich.«

Jetzt wurde Kim einiges klar. Deshalb war Theresa Börne so nervös geworden, als die Sprache auf Stefans Führerschein gekommen war! Wenn herausgekommen wäre, dass sie die Geschäftsbedingungen missachtet hatte, wäre sie im Handumdrehen ihren Job los gewesen.

»Damit hätten wir alles geklärt, würde ich sagen.« Marie zückte ihr Handy. »Ich rufe jetzt Kommissar Peters.«

Der Kommissar war schnell. Fünf Minuten später hielt ein Polizeiwagen mit quietschenden Reifen vor dem Haus. Kommissar Peters und Polizeimeister Conrad sprangen heraus und stürmten in das Café.
»Hier sind wir!« Franzi winkte ihnen zu.
»Habe ich das gerade am Telefon richtig verstanden?« Der Kommissar warf Marie einen fragenden Blick zu. »Ihr habt ein Betrügerpärchen gefasst?«
Marie nickte aufgeregt. »Diese beiden Personen«, sie deutete auf Debby und Rob, »sind für den Unfall mit Fahrerflucht verantwortlich. Außerdem haben sie zahlreiche Internetbetrügereien auf dem Gewissen, wie diese Mahnungen und der unter falschem Namen gekaufte Tablet-PC beweisen.« Stolz reichte sie dem Kommissar die Briefe und das Päckchen. »Die Waren haben sie sich an eine leere Wohnung in der Kennedystraße schicken lassen. Wir haben diese Frau dabei beobachtet, wie sie das Päckchen mit dem Tablet abgeholt und die Rechnungen entsorgt hat.«
»Stefan ist unschuldig«, sagte Franzi nachdrücklich. »Das habe ich von Anfang an gewusst.«
Der Kommissar runzelte die Stirn. »Das klingt nach Identitätsmissbrauch im größeren Stil.« Er wandte sich an Rob und Debby, die zusammengesunken am Tisch saßen. Rob zerrupfte die Zigarettenschachtel akribisch in ihre Einzelteile, während Debby mit leerem Blick vor sich hin starrte. Beide schienen mit ihrem Schicksal abgeschlossen zu haben. Sie wussten, dass sie endgültig verloren hatten. »Sie beide kommen mit aufs Revier. Dort können Sie eine Aussage machen. Ich bin schon gespannt auf Ihre Version der Geschichte.«

Während Polizeimeister Conrad das Betrügerpärchen abführte, musterte der Kommissar die drei !!! kopfschüttelnd. »Hatte ich euch nicht gesagt, ihr sollt diesen Fall der Polizei überlassen? Manchmal habe ich das Gefühl, ihr hört mir gar nicht richtig zu.«

Marie machte ein unschuldiges Gesicht. »Wie kommen Sie denn darauf?«

»Das sehen Sie völlig falsch«, beteuerte Franzi. »Wir nehmen uns jedes Wort von Ihnen zu Herzen.«

Kim nickte. »Ganz ehrlich!«

»Ich weiß nicht, ob mich das wirklich beruhigt …« Der Kommissar nickte den Detektivinnen zu. »Ich melde mich bei euch, sobald es neue Erkenntnisse gibt. Und bis dahin keine Alleingänge mehr!«

Kaum hatte er sich abgewandt, verdrehten Kim, Franzi und Marie synchron die Augen.

Der Kommissar blieb stehen. »Das habe ich gesehen! Glaubt bloß nicht, ihr könnt mich veräppeln.«

Die Detektivinnen wechselten einen verwirrten Blick.

»Wie haben Sie das gemacht?«, fragte Marie. »Haben Sie etwa hinten Augen?«

Kommissar Peters grinste. »Ich hab eben auch so meine Tricks. Dreißig Jahre Polizeiarbeit gehen nicht spurlos an einem vorüber. Macht's gut, ihr drei!« Er hob den Arm zum Abschied und verließ das Café.

Kims großer Auftritt

»Ich sterbe!« In Kims Magen rumorte es, ihre Hände waren eiskalt und ihre Beine fühlten sich an wie gekochte Spaghetti. Sie war sich ganz sicher: Die nächsten Stunden würde sie nicht überleben.

»Unsinn!« Marie zupfte eine Fluse von ihrem sandfarbenen Minikleid. »An Lampenfieber ist noch niemand gestorben.«

»Dann bin ich eben die Erste.« Kim hätte sich am liebsten in Luft aufgelöst. Heute war der große Abend. In einer halben Stunde begann der Poetry-Slam! Kim beobachtete mit gemischten Gefühlen, wie sich das *Lomo* allmählich füllte. Sie wusste nicht, was sie schlimmer fand – vor einem fast leeren Saal zu lesen oder vor jeder Menge Publikum. Wenn es doch nur schon vorbei wäre!

»Du schaffst das schon.« Franzi klopfte Kim aufmunternd auf die Schulter. »Trink noch einen Schluck *Kakao Spezial*, das beruhigt die Nerven.«

Kim griff gehorsam nach ihrem Becher und setzte ihn an die Lippen. Der süße, vertraute Geschmack ihres Lieblingsgetränks ließ sie tatsächlich etwas ruhiger werden.

»Da kommt Holger!« Marie winkte ihrem Freund, der gerade das Café betreten hatte, freudig zu.

»Hallo, ihr drei!« Holger begrüßte Kim und Franzi mit einem Lächeln und Marie mit einem Kuss. »Na, schon aufgeregt?«, fragte er Kim.

»Erinnere mich bloß nicht daran!« Kim sank zurück in ihren Sitzsack. »Ich stehe kurz vor einem Nervenzusammenbruch!«

»Sie hatte sich gerade etwas entspannt.« Marie warf Holger einen vorwurfsvollen Blick zu.
»Sorry!« Holger ließ sich neben Marie aufs Sofa fallen. Ihre Hände suchten und fanden sich und ihre Finger verschränkten sich ineinander. Marie kuschelte sich an ihren Freund und legte den Kopf an seine Schulter.
Kim seufzte. Die beiden waren so glücklich miteinander, dass es kaum zu ertragen war. Wie gerne hätte sie jetzt Michi an ihrer Seite gehabt. Er war der Einzige, der es schaffen würde, ihr ihre Nervosität zu nehmen. Aber Michi war nicht da. Seit ihrem Streit am Telefon vor über einer Woche hatten sie nicht mehr miteinander geredet. Kim hatte zwar gleich am nächsten Tag mehrmals versucht, ihn zu erreichen, aber Michi war offenbar noch beleidigt gewesen. Er hatte jeden ihrer Anrufe weggedrückt. Das wiederum hatte Kim so genervt, dass sie sämtliche Versuche der Kontaktaufnahme von seiner Seite in den darauffolgenden Tagen ignoriert hatte. Michis SMS hatte sie nicht gelesen, seine Anrufe mit Nichtachtung gestraft. Was *er* konnte, konnte sie schon lange! Jetzt tat es ihr leid, sich nicht mit ihm versöhnt zu haben. Dann wäre er heute bei ihr und sie müsste diesen schrecklichen Poetry-Slam nicht alleine durchstehen.
»Einen wunderschönen guten Abend!«
Eine Stimme riss Kim aus ihren Gedanken und sie blickte auf. »Kommissar Peters!«, rief sie überrascht. »Was machen Sie denn hier?«
»Ich wollte dir viel Glück wünschen.« Der Kommissar lächelte Kim zu. »Du hast doch heute deinen großen Auftritt, oder?«

Kim zog eine Grimasse. »Ja, leider.«
»Außerdem wollte ich euch vom Fortgang der Ermittlungen berichten.« Peters deutete auf einen freien Sessel. »Darf ich mich kurz setzen?«
Franzi nickte. »Natürlich! Was gibt's Neues?«
Der Kommissar nahm Platz, ohne seinen Mantel auszuziehen. Offenbar wollte er nicht lange bleiben. »Debby und Rob haben alles gestanden«, erzählte er. »Die Nummer mit dem Identitätsmissbrauch haben sie übrigens schon in vielen anderen Städten durchgezogen und hervorragend damit verdient.«
»Dann war Stefan also nicht ihr einziges Opfer?«, fragte Franzi.
Kommissar Peters schüttelte den Kopf. »Nein, die beiden haben jede Menge Menschen geprellt. Es wird sicher eine Weile dauern, bis wir alle ausfindig gemacht haben.«
»Die Leute werden bestimmt erleichtert sein«, sagte Marie, die immer noch Holgers Hand festhielt.
Der Kommissar nickte. »Für die Opfer ist es nicht leicht, ihre Unschuld zu beweisen und ihren guten Ruf wiederherzustellen. Viele bemerken den Identitätsmissbrauch erst, wenn der Gerichtsvollzieher oder ein Inkasso-Unternehmen vor der Tür steht. Im schlimmsten Fall erfolgt sogar ein Haftbefehl und ein Eintrag ins Schuldnerverzeichnis der Stadt, was Konto- und Gehaltspfändungen zur Folge haben kann.«
»Wie schrecklich!« Franzi schauderte. »Da wäre ja noch einiges auf Stefan zugekommen, wenn wir nicht eingegriffen hätten.«

»Allerdings«, bestätigte der Kommissar. »Die Betrüger sind bis dahin meist schon längst über alle Berge und treiben an einem anderen Ort und mit neuen Identitäten ihr Unwesen.«

»Kann man sich denn gar nicht vor Identitätsmissbrauch schützen?«, fragte Kim.

»Doch«, sagte der Kommissar nachdrücklich. »Und zwar, indem man keine persönlichen Daten im Internet veröffentlicht. Auch nicht sein Geburtsdatum! Außerdem sollte man niemals wichtige Unterlagen wie Kontoauszüge, Handyverträge oder Post von Versicherungen herumliegen lassen oder einfach in den Papiermüll werfen. All dies sind wichtige Informationsquellen für Betrüger.«

Kim beschloss augenblicklich, die Ratschläge des Kommissars zu beherzigen und in Zukunft besonders vorsichtig mit ihren persönlichen Daten umzugehen. Die Vorstellung, selbst einmal Opfer von Identitätsdieben zu werden, war einfach zu schrecklich.

»Heißt das, der Verdacht gegen meinen Bruder ist nun endgültig ausgeräumt?«, erkundigte sich Franzi.

Der Kommissar nickte. »Die Ermittlungen gegen Stefan wurden eingestellt.«

»Super!« Franzi grinste erleichtert. »Dann ist dieser Albtraum endlich vorbei und ich kann wieder ruhig schlafen – und meine Eltern auch.«

Kommissar Peters erhob sich. »Ich muss leider gehen, die Pflicht ruft. Auch wenn ich mir deinen Auftritt gerne anschauen würde, Kim.« Er lächelte entschuldigend. »Viel Spaß noch und herzlichen Glückwunsch zum gelösten Fall!«

»Danke!«, riefen die Detektivinnen im Chor.
Nachdem der Kommissar gegangen war, machten sich die Ameisen in Kims Bauch sofort wieder bemerkbar. In zehn Minuten ging es los! Ob sie einfach unauffällig verschwinden und den Auftritt sausen lassen sollte? Aber Marie und Franzi würden sie bestimmt nicht gehen lassen. Marie drückte Holger gerade ein Küsschen aufs Ohr und Franzi warf den beiden einen sehnsüchtigen Blick zu. Bestimmt vermisste sie Felipe.
Kim sah zur Eingangstür, durch die immer mehr Leute hereinströmten, obwohl bereits alle Tische besetzt waren. Es würde proppenvoll werden. Na super! Wenn ihr Auftritt in die Hose ging, wäre die halbe Stadt live dabei. Plötzlich stutzte Kim. Ein Hund mit schwarz-weißem Fell schlängelte sich zwischen den Menschen hindurch. Er sah fast so aus wie Pablo. Zielsicher lief er auf Kim zu, sprang auf ihren Schoß und versuchte, ihr das Gesicht abzulecken. Es *war* Pablo!
»Lass das, Pablo!« Kim wehrte die Leck-Attacke ab. »Was hast du überhaupt hier zu suchen?«
»Ist das euer neuer Hund?« Franzi sprang sofort auf, um Pablo zu streicheln. »Der ist ja süß!«
Marie ließ Holgers Hand los und beugte sich vor. »Wie kommt der denn hierher?«
»Keine Ahnung.« Kim zuckte mit den Schultern. »Vielleicht ist er zu Hause ausgebüxt.«
»ÜBERRASCHUNG!«, ertönte es in diesem Moment zweistimmig hinter Kim. Sie fuhr herum und erstarrte.
»Ben! Lukas!«
»Da staunst du, was?« Ben grinste.

»Wir dürfen heute länger aufbleiben, um bei deinem Auftritt dabei zu sein«, verkündete Lukas.
»Wir haben sogar ein Plakat für dich gemalt.« Ben entrollte ein Bettlaken, auf dem in knallroten Fingerfarben DU SCHAFFST ES, KIM!!! stand. »Toll, was?«
»Ja, total toll«, sagte Kim schwach. Die beiden hatten ihr gerade noch gefehlt! »Haben Mama und Papa das wirklich erlaubt?«
»Allerdings.« Frau Jülich tauchte hinter den Zwillingen auf. »Ausnahmsweise. Schließlich können die beiden ihre große Schwester nicht jeden Tag auf der Bühne bewundern.«
»Mama!« Kim wurde schwindelig. »Du auch hier?«
»Was denkst du denn?« Frau Jülich lächelte. »Wir wollen dich an deinem großen Tag natürlich unterstützen. Papa kommt gleich. Er unterhält sich noch mit Michi.«
»Michi?«, krächzte Kim. Ihre Stimme ließ sie plötzlich im Stich. »Wo ist er?«
»Er kommt gerade herein.« Frau Jülich nickte zur Tür.
Kim schluckte. Tatsächlich! Hinter ihrem Vater betraten Michi, Stefan und Leonhard das Café. Gab es eigentlich auch Menschen in dieser Stadt, die heute Abend nicht ins *Lomo* kamen?
»Hallo, Leonhard!«, rief Franzi. »Hier sind wir!«
Leonhard begrüßte Franzi mit einem freundschaftlichen Schlag auf die Schulter und die beiden begannen sofort eine Unterhaltung über die neusten Inliner-Modelle. Offenbar waren sie wirklich nur gute Skaterkumpels und sonst nichts. Aber das war Kim in diesem Moment völlig egal. Sie hatte nur Augen für Michi. Wie ferngesteuert erhob sie sich und

ging zu ihm hinüber. Dass Stefan ihr auf die Schulter klopfte und sich überschwänglich für die Hilfe der Detektivinnen bedankte, bekam sie kaum mit. Vor Michi blieb sie stehen. Sie wollte ihm so viel sagen, aber sie bekam keinen Ton heraus.

»Hallo, Kim.« Michi fuhr sich unsicher durch seine strubbeligen dunkelbraunen Haare. »Wie geht's?«

Kim zuckte mit den Schultern und räusperte sich. »Geht so.«

Sie schwiegen einen Moment, der Kim endlos vorkam. Michi stand so nah vor ihr, dass sie die Sommersprossen auf seiner Nase zählen konnte. Der Ausdruck in seinen blaugrünen Augen ließ sich nicht richtig deuten. War er immer noch sauer? Eine eisige Hand griff nach Kims Herz. Was, wenn Michi genug von ihr hatte? Vielleicht hatte er im Kino ja ein anderes Mädchen kennengelernt. Eins, das ihn nicht ständig versetzte, sondern immer Zeit für ihn hatte. Eins, das seine Anrufe nicht wegdrückte und nicht ständig auf Verbrecherjagd war. Was, wenn Michi nur gekommen war, um sich von ihr zu verabschieden?

»Ich hab dich vermisst«, sagte Michi in Kims Gedanken hinein. Die Wärme in seiner Stimme ließ die kalte Hand um Kims Herz so schnell schmelzen wie einen Eiswürfel in der Sonne.

Ein Lächeln stahl sich auf ihr Gesicht. »Ich hab dich auch vermisst. Tut mir leid, dass ich dich letzte Woche versetzt habe.«

»Und mir tut es leid, dass ich am Tag danach nicht ans Telefon gegangen bin«, sagte Michi. »Das war blöd von mir.«

»Schon vergessen.« Kims Lächeln wurde zu einem Strahlen.

Vor lauter Glück hätte sie schreien können. »Ich bin so froh, dass du gekommen bist!«
Michi grinste verlegen. »Ich war mir nicht sicher, ob du mich sehen willst.«
»Und ob!« Kim legte die Arme um Michis Hals und drückte ihm einen Kuss auf die Lippen.
Michi zog Kim an sich. Eng umschlungen standen sie mitten im *Lomo*, ohne die Welt um sich herum wahrzunehmen. Kim hatte die Augen geschlossen und spürte ihr Herz schlagen, im selben Rhythmus wie Michis. Sie bekam weder mit, wie sich eine Traube neuer Gäste ins Café drängelte, noch wie Pablo der Bedienung vor die Füße lief, sodass sie stolperte und ihr Tablett fallen ließ. Drei Gläser Winterpunsch zerschellten am Boden und ein intensiver Duft nach Zimt und Kardamom breitete sich im *Lomo* aus. Auch dass Gregor, der Besitzer des Cafés, auf die kleine Bühne im hinteren Teil des Raumes stieg und gegen das Mikro klopfte, bemerkte Kim nicht. Erst Gregors Stimme holte sie unsanft in die Realität zurück.
»Guten Abend, liebes Publikum!«, rief Gregor ins Mikrofon. »Ich freue mich, dass ihr alle da seid, denn heute gibt es eine Premiere im *Lomo*. Wir veranstalten den ersten Poetry-Slam der Stadt!«
Applaus brandete auf und Kim merkte, wie sich sämtliche Muskeln in ihrem Körper anspannten. Wahrscheinlich ein uralter Fluchtreflex. Ihr Unterbewusstsein witterte Gefahr und ihre Füße wollten so schnell wie möglich davonlaufen.
Michi drückte Kims Hand. Seine Nähe beruhigte sie und sie entspannte sich wieder ein bisschen. Solange Michi bei ihr

war, konnte ihr nichts passieren. Er würde sich jeden vorknöpfen, der es wagte, sie auszubuhen. Bei dem Gedanken musste Kim grinsen.

Gregor erklärte währenddessen die Regeln. »Heute Abend werden zehn Slammer ihre Texte präsentieren. Sie haben jeweils fünf Minuten Zeit – keine Sekunde länger! Wenn der Gong ertönt, ist der Auftritt zu Ende. Ihr entscheidet mit eurem Applaus, wer zum Sieger des Abends gekürt wird. Viel Spaß!« Die Leute klatschten und Gregor zog einen Zettel hervor. »Wir haben die Reihenfolge kurz vor der Veranstaltung ausgelost. Den Anfang macht heute Abend … Kim Jülich!«

Donnernder Applaus dröhnte in Kims Ohren. In der Sofaecke hatten sich Marie, Holger, Franzi und Leonhard erhoben und jubelten Kim zu. Auch ihre Eltern klatschten wie verrückt, Pablo bellte aufgeregt und die Zwillinge schwenkten ihr Bettlaken. Die roten Buchstaben verschwammen vor Kims Augen. In ihrem Kopf drehte sich alles und ihre Füße schienen am Boden zu kleben. Ihr war auf einmal furchtbar schlecht und der Weg zur Bühne kam ihr unendlich weit vor. Sie würde es nicht schaffen! Kim wartete darauf, dass sich die Erde auftat und sie verschlang.

Stattdessen spürte sie Michis Lippen an ihrem Ohr. »Ich glaub an dich!«

Seine Stimme war nur ein Flüstern, das fast im allgemeinen Lärm unterging. Aber Kim hatte es trotzdem gehört. Plötzlich wurde sie ganz ruhig. Alles Lampenfieber, alle Aufregung und Angst fielen von ihr ab. Sie hätte schweben können, so leicht fühlte sie sich. Und gleichzeitig so stark, als könnte sie die Welt aus den Angeln heben. Es würde alles gut werden. Ganz egal, ob sie gewann oder verlor. Ganz egal, ob ihre Geschichte gut ankam oder nicht. Sie war hier. Sie war nicht weggelaufen, sondern hatte ihre Angst überwunden und stellte sich der Herausforderung. Das war es, was wirklich zählte.

Kim drückte Michi einen Kuss auf den Mund, zog die eng bedruckten Seiten aus der Hosentasche, in die sie so viel Arbeit gesteckt hatte, und schlängelte sich zwischen den immer noch klatschenden Leuten hindurch zur Bühne. Sie lächelte ihren Freunden und ihrer Familie zu. Alle waren gekommen, um sie zu unterstützen. Alle glaubten an sie. Aber das Wichtigste war: Kim glaubte an sich selbst. Sie würde jetzt auf diese Bühne steigen und ihr Bestes geben. Denn heute Abend konnte sie alles schaffen!